曾大兴诗词

曾大兴 著

赣版权登字-02-2023-420
版权所有 侵权必究

图书在版编目（CIP）数据

曾大兴诗词 / 曾大兴著. —— 南昌：江西教育出版社，2023.11

（中国当代学人诗词选集 / 钟振振主编）

ISBN 978-7-5705-3914-7

Ⅰ.①曾… Ⅱ.①曾… Ⅲ.①诗词-作品集-中国-当代 Ⅳ.①I227

中国国家版本馆CIP数据核字（2023）第217795号

曾大兴诗词
ZENG DAXING SHICI

曾大兴 著

江西教育出版社出版
（南昌市学府大道299号 邮编：330038）

各地新华书店经销
江西赣版印务有限公司印刷
787毫米×1092毫米　32开　5.75印张　95千字
2023年11月第1版　2023年11月第1次印刷

ISBN 978-7-5705-3914-7
定价：48.00元

赣教版图书如有印装质量问题，请向我社调换　电话：0791-86710427
总编室电话：0791-86705643　编辑部电话：0791-86705903
投稿邮箱：JXJYCBS@163.com　网址：http://www.jxeph.com

作者

作者和母亲

作者和妻儿

作者 1978 年参加高考时的准考证

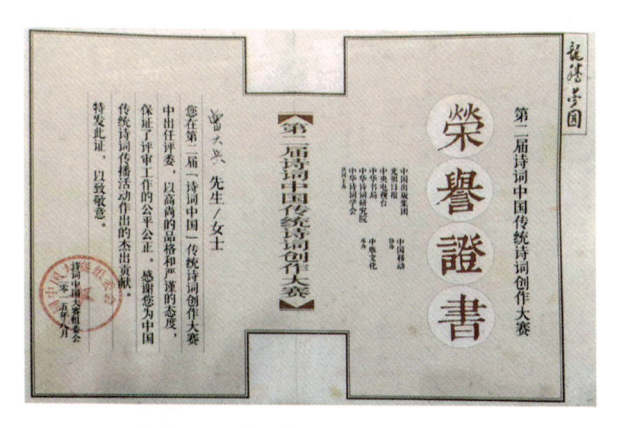

作者担任"诗词中国"大赛评委的证书

作者已出版的著作

总序

诗词何物？天地其心。发自性情，形诸歌咏。言志则乘风破浪，抒怀亦吐蜃成楼。读十万卷书以走马光阴，追五千年史于飞鸿影迹。梦笔生花，借以干乎气象；捋云拭月，得其助于江山。若长松与老柏，铁干铜柯；暨黄菊兮绿梅，春盼秋馥。怪力乱神，子之不语；兴观群怨，予或能为。乃有专攻术业，余事诗人。偶尔操觚，居然成帙。各精铨以诚恳，皆煞费其踌躇。碧桃红杏，元非栽天上云霞；跻圣谪仙，亦只食人间烟火。情钟我辈，肝肠岂别于邻家；友尚古贤，流派何分乎学院？虽然，腹笥果丰，出言尤易；舌苔稍钝，入味孔艰。吞囫囵于汗漫，百度凭他；化腐朽为神奇，六经注我。书说郢燕，美学何妨接受；薪传唐宋，神思即畅交通。树异军之一帜，倡实皖南；市骏骨以千金，伫空冀北。东海珠珍，勤网罗而有赖；西江月皎，长照耀以无亏。忝窃主编，愧难副望。聊为喤引，以当嘤求。

癸卯夏至前三日，南京钟振振撰

序一

《礼记·乐记》云:"诗,言其志也;歌,咏其声也;舞,动其容也;三者本于心,然后乐器从之。"唐人皎然《诗式》亦云:"夫诗者,众妙之华实,六经之菁英,虽非圣功,妙均于圣。"故诗者上发乎道德,下止乎礼义,温柔敦厚,移风易俗。千百年来,九州上下,莫不以诗为体;杏坛内外,无不以诗为学。神州大地更以诗国著称于世也。改革开放以来,传统承续,诗赋重光,中华诗词虽历经劫难而始终不倒,我中华诗学再现星火燎原之势,蓬勃千里。

诗潮鼓荡之际,京华诗派、天山诗派、关东诗派、浙西诗派、湖湘诗派、江右诗派、岭南诗派等诗词流派如雨后春笋,异军突起。而岭南诗派之著名人物曾大兴先生便为其中之龙翰凤雏也。大兴先生,禀赋超然，天性聪慧，幼承家学，师出名门。其以过人之才气，觅天地之诗心，领军文学地理研究，纵论央视百家讲坛，砥志研思，著述丰宏。平日里，大兴先生更以词学为用，以歌诗寄兴，灵感通透，佳作琳琅。

癸卯初夏，大兴先生以其著作见示，细读之下，仿佛金玉波澜自眼中翻滚，清词丽句从纸上奔来也。诸如："我思归去归何处，细检初心乱似麻"（《思归》），诗人思归心切，却不知归往何方，归心似箭却又心乱如麻，如此描写是何等形象又何等细腻。"不陈典故不敷彩，不作阉然媚世姿"（《序诗一》），又写得何等坦荡，何等磊落。"天南地北雷人事，说到城头月子斜"（《下午茶》），则彰显出诗人怡然恬淡、闲雅自如之心性。"半块麻石当野岭，一瓢静水作平湖"（《闹市新居》），则见诗人想象出奇而又心如止水也。正因大兴先生心静如水，故其胸襟澄澈，朗如冰镜；怀瑾握瑜，境界空明。若化之为诗，可以想见又是何等样貌："步月湖边影，举杯醉里仙。"（《别臧振》）"二十年间风物改，此心犹是少年心。"（《奉和袁公〈琴台四绝句〉》）"从此心中无远近，睡眠佳处即吾乡。"（《贵州行》）"隔离三载每相思，又到华山论剑时。且喜同门均在线，云端高处是吾师。"(《线上年会拟作》)此皆空灵一片，简淡深远，奇秀飘逸，读之神清气爽。正如清人王夫之所言："含情而能达，会景而生心，体物而得神，则自有灵通之句，参化工之妙。"(《姜斋诗话》)

反复体味，深觉集中诸体兼备，形式多样，小至五绝、七绝，大至古风、长调，甚或楹联、歌词、新诗等，都有涉及。可见大兴先生眼界之开阔，情趣之多元。试读其"三春最是江南好。古柳新衣，乳燕芹泥。十里桃花映绿陂"(《采桑子·戏赠邱春林归蒲圻》)，"因念垄亩躬耕，日落未归，慈母村头唤"(《念奴娇》)，"汽笛一声山水隔，人与事，两茫茫"(《江城子·安阳小聚》)，"惊鸿一去天渐晚，独自归来雨未休"(《鹧鸪天》)，等等，皆可见大兴先生于南国风情之描摹与至爱亲情之咏叹。大到日月风云、山川湖海，小到街坊里巷、花鸟草鱼，凡大兴先生眼中所见，心中所感，信手拈来皆成好句。由此亦可洞悉其诗情之洋溢、学养之丰厚、识见之深刻。清人黄宗羲尝云："退山言作诗者，固当出之以性情，尤当扩之以才识，涵濡蕴蓄，更当俟之于火候。三者不至，不可以言诗。"

(《钱退山诗文序》)缅想前贤语录，正好印证大兴先生之佳构也。集中好诗无数，缤纷满眼，限于篇幅，自然无法一一析解，有待列位看官细细赏读之。

          林峰谨识
        癸卯仲秋于京东一三居

序二

我与曾大兴教授交往十多年。因为志趣相投,专业背景相同,更因为被他的人格魅力所吸引,对他的讲演和论文论著都很留意,大部分都认真学习过。他发表的诗词作品,也陆续读过十多首,量并不多。知道他主要精力用于学术研究,诗词写作只是偶尔兴到,余事为之。虽然如此,每读一次他的诗词,都感到很有兴味。我还曾在一篇小文中重点介绍过他两首作品。一是《食鱼谢邻翁》:"张老荣休久,天晴把钓竿。有鱼即惠我,三谢不能餐。"一是《酒醒谢邻翁》:"晌午入城市,归来日已曛。开门忘锁钥,解酒赖芳邻。"两首诗都有明确、直接的蓝本。前者取李白《宿五松山下荀媪家》末句为己用,而自然贴切,有如天成。后者将宋代诗人张俞《蚕妇》稍做改造即为己作。两首诗既鲜活地呈现了作者本人率真可爱的诗人气性，又诗意地展现了真朴的邻里之情，这是现代都市中难得一见的可贵关系。两首诗形式简单，写法看似随意，却与所表达的情感内容构成十分和谐的关系。而且运用古代经典作品，不堆垛，不牵强，轻松自然，韵味浓厚，更可见作者非凡的功力，读后给我留下很深的印象。想起他在《诗词中国》创刊寄语中将《诗经·大雅·文王》"周虽旧邦，其命维新"改造成"诗虽旧体，其命维新"。诚然，旧体诗词虽生长于传统社会，但是它没有衰亡，仍能继续生存于现代社会，主要原因在热爱旧体诗词者代不乏人。我和曾教授在此点上同声同气。而出我意料的是，余事为诗的曾大兴教授，不仅热爱诗词，更不仅偶尔涉笔为诗，近期他汇辑所作诗词还编成了一集。看来，提出"诗虽旧体，其命维新"口号的他，确实有着自觉继承、弘扬古典诗词传统的责任感。

近十多年，我在学校开设了名为诗词对联写作的全校公选课，又在指导名为新雅吟社的学生社团，因而阅读时下诗词不少。如今，我有幸作为《曾大兴诗词》的第一个读者，一气读来，有两点强烈的感受：一是觉得过瘾，二是感到与众不同。概括起来，是这样八个字：学者精神，诗人气性。

曾教授其人有典型的学者精神，他的诗词是他学者精神的表现，主要表现在以下三个方面：

一是士人风骨，最重要的是不依附政治势力和商业利益，崇尚独立意志、批判精神。这部诗词集，用曾教授自己的话来说就是"不作阉然媚世姿"，但却有不少对社会问题、积弊的大胆批判。譬如广州白云山架设索道，曾教授写诗提出批评："云山自古莽苍苍，百兽乐园鸟天堂。索道一条通到顶，飞禽走兽大逃亡。"登白云山，本为以前广州人重阳节习俗，现在登白云山日益困难。2022年管理部门为控制登山人数，还规定要先在网上预约，于是曾教授在《壬寅重阳》前四句又写道："佳节又重阳，南中似转凉。登高无预约，赏菊费周章。"这样的作品，在这部集子中很多，如《马路翻修》《赃官》《学术大师》等都有很强的现实指向性，其批判的锋芒体现了士人风骨和学术的尊严。

二是学理追求，或者说是专家特色的自然表现。曾教授是广东省及广州市非遗保护工作专家、广州大学广府文化研究中心常务副主任、中国文学地理学会会长，面对社会现象、现实问题，他往往以专家的眼光发表富有专业精神的意见，再把有着浓厚学理气息的意见转变为诗词的语言、意象。譬如作者对五羊传说的怀疑，即是本着学理精神。再如2020年12月至次年5月，广州市大规模砍伐市内榕树，省市人大代表、政协委员、媒体及部分市民多次呼吁停止砍伐而不果，曾教授愤而作长篇五古《榕树叹》。此诗运用植物学、风土学、生态学、环境心理学、民俗地理学、文学地理学等多个学科知识，从榕树之美及其与广州人生活的关系等视角，说明保护榕树的意义。这首诗将多方面的感情（对榕树的喜爱之情，对榕树无端遭受砍伐的无奈之情，对有关管理者无知的愤怒）融入富有学理精神、专业眼光的理性表达之下。全诗感情饱满，信息容量大，又诗意盎然，足称曾教授的扛鼎力作。

三是独创性追求。每个学者在学术研究中都必须追求独创，因此，独创成为学者精神的重要指标。读曾教授诗词，也可强烈感受到他的独创性追求。最典型的要数《广州新竹枝三十七首》。竹枝词历来都以深入地方民情民俗为基础，以客观、多视角、富有底层生活气息为主要特征。曾教授写这批作品当然也遵循竹枝词的传统，但其独创之处在于：反映民情民俗时，他既能"入乎其内"，深入到地方和底层生活，又"出乎其外",以学者的冷峻眼光加以审视,有时还暗寓主观判断。如《清明祭祖》"未及清明即上坟,行人车马动晨昏。乳猪烧了烧别墅,烧个本田供出巡",只用客观之笔加以叙写,并不露出作者的主观感情。而《马路翻修》"马路新修镜面光,忽然破肚又开膛。去年规划今年改,到了明年再扩张",明眼人都能感受到其中的情感指向与理性判断。这些作品,既保留了传统竹枝词的特征,又以强烈的独创意识将竹枝词精神提高了一个层次,难怪作品写成后,就被《中华诗教国际学术研讨会会刊》和《诗词》等收录发表。

这里要特别说明的是,我所说的"学者精神"与清人所提出的"学人之诗"有区别。清代人论诗喜欢分辨出所谓"诗人之诗""才人之诗"和"学人之诗"。清前期学者沈起元在《梅勿庵诗集序》中所作的界定很简单:"余谓才人以气雄,学人以材富,诗人以韵格标胜。"这一界定不带倾向性,而稍后的方贞观在《辍锻录》中分辨更细,带有很强的主观倾向性,大意是说:才人之诗,新颖奇矫,纵横驰骋,议论风生,挥笔而就。学人之诗,严谨规范,精细深稳,知识量大。这两类诗既有优点,又有明显的不足。他打比方说:才人之诗"终属小乘,不证如来大道",而学人之诗"譬之佛家，律门戒子，守死威仪，终是钝根长老，安能一性圆明"。唯有诗人之诗，他评为"禅宗之心印，风雅之正传也"，因为"诗人之诗，心地空明，有绝人之智慧；意度高远，无物类之牵缠。诗书名物，别有领会；山川花鸟，关我性情。信手拈来，言近旨远，笔短意长，聆之声希，咀之味永"。方贞观的观点很有市场，广被接受。

曾教授的诗词不追求"以材富"，不追求知识量，基本不用典故，也不堆砌辞藻，按沈、方二人的界定，并不属于"学人之诗"的类型。当然，曾教授学诗接受过专业的诗词训练，他在1982年读研究生时就在诗词与书法大家吴丈蜀先生指导下学习诗词，所写的第一首诗是五律《吴丈蜀老师》："性如巴蜀雪，情似楚天风。笔走龙蛇阵，身囚牛马棚。童心期盛世，苦口课愚蒙。荣辱两相忘，百年一放翁。"对仗工稳，却决不拘谨，运用格律规则轻松自如，俨如老手。1990年8月又在庐山白鹿洞书院参加了由华东师范大学古籍研究所、《诗词》编辑部等单位联合主办的"当代旧体诗词创作研讨会"，与袁第锐、赖春泉、曹旭、刘梦芙等名诗家交游，稍后在北大访学期间拜会了旧体诗高手与唐诗研究专家陈贻焮先生，又随诗词创作与研究都足称专家的施议对先生攻读博士学位，求师与交游的对象都对他诗词技术的提高与精进有不小助益。加上曾教授主攻唐宋诗词数十年，他的诗词在格律、语言、意象等方面都很地道。他的诗词不是不用典，而是少用典，不用僻典。他用典总是很节制、很轻松，如《江城子·安阳小聚》"一似当年河朔饮"出自曹丕《典论》，"汽笛一声山水隔，人与事，两茫茫"出自杜诗，一明用，一暗用。虽用典故，全篇却并不典重，依然轻松自在。这样的面貌，半路出家、短暂学习的人恐难达到。因此可以说，曾教授诗词在表现了学者精神之外，还具有学人基本功。但是，按清人的定义，曾教授诗词不属于"学人之诗"，因为它绝不像"守死威仪"的"律门戒子"和"钝根长老"。而事实上，放眼时下诗坛，严谨规范、辞藻丰赡、典故繁多、古色斑斓而缺乏才情、难寻诗韵、不免陈腐的诗，并不少见。曾教授诗词读来却只觉其人"心地空明，有绝人之智慧；意度高远，无物类之牵缠"，其诗词"信手拈来，言近旨远，笔短意长，聆之声希，咀之味永"，明显属于清人所定义的"诗人之诗"。

从曾教授诗词中感受到的"诗人气性"，主要表现在四个方面：

一是自我个性鲜明。曾教授为人率真、平易，虽有多个学术头衔、很高的学术声望，却从不端架子、不耍酷，爱才、惜才，乐于提携后辈。同时，他身上又有学者的风骨、傲骨，观点鲜明，坚持真理，有脾气、有个性，不怕得罪人，不做和事佬。他的学问，如同他的为人，敢独创又接地气，有高度又有深度，能细微又能简洁。总是线条分明，明快爽利。他的诗词就像他的为人、他的学问，读了后最直接的感受是：大美若朴，大巧若拙，大简至真。他往往将独特的思想观点、真实的感想感情，用平实简易的形式，耐人玩味的语言、意象表达出来。曾教授写诗词40余年，从早期训练时的细致严谨到现在放开腿脚自如写作，他自己的个性都始终和盘托出。这是"诗人之诗"的特色或长处所在，而"钝根长老"般的学人为诗，易见学问，自我性情却时常被掩蔽。

二是生活气息浓郁。学人之诗大多书卷气息重，而难以见到人间烟火气。曾教授诗词却恰恰相反，人间气息、风土气息是他很注重的，如《江城子·官洲岛骑行》将一次城市集体活动写得生动有趣，读之仿佛追随这个群体获得强烈的现场感。再如《广州新竹枝三十七首》中的《老有所乐》一首："假山假水假农庄，负鼓阿婆又上场。脸似桃花眉似黛，载歌载舞颂时光。"写的是时下城市边缘地带习见的情景，寥寥几笔，鲜活生动，作者用善意的眼光引导读者透过这有趣的场景去思考如何提升文旅产品质量的问题。

三是努力写出韵味。曾教授很注意避免干枯的说教，强调对诗词韵味的营造。如《贵州行》颔联"苗寨千家浸晓月，瀑群十里沐朝阳"，在刻画自然景象、表现风土人情的同时，通过"晓月"与"朝阳"的点染，便别添韵味。再如《日本志贺岛纪行诗六首》中《酒会》一首的后两句将笔墨转到酒会后："醉后自歌舞，楼头秋月高。"轻巧一笔，更增回味。这类写法，曾教授运用很娴熟。他的诗词之可爱，有相当一部分原因在此处。

四是特别擅长用简朴的形式写出言外之意。曾教授爱写绝句。这种短小自由的形式若要达到很好的效果，很需要灵感的参与，曾教授最能发挥这种形式的优势。因此他的绝句佳作多，如《咏木棉》："一树豪华照晚晴，暮春景色最鲜明。借他三尺英雄胆，不作江干垂老行。"《再咏木棉》："伟然不与众花同，一树豪情万丈风。何意木棉遭摒弃，紫荆却在上林中。"前者梦中得句，咏物而诗人性情俱见，在此基础上，后者将物的精神、诗人的感慨悉数揭出，两首同题绝句各擅胜场，皆称佳构。尤其引人注意的是曾教授颇工五绝，清人吴乔《围炉诗话》卷二曾说：五绝"如婴儿聱笑，小小中原有无穷之意，解言语者定不能为。诗至于五绝，而古今之能事毕矣……此体中才与学俱无用"。故又谓："五绝，仙鬼胜于儿童女子，儿童女子胜于文人学士，梦境所作胜于醒时。"曾教授五绝除前引《食鱼谢邻翁》《酒醒谢邻翁》外，如《日本志贺岛纪行诗六首》中《观海日》一首，"斗酒不能醉，依然胆气豪。披襟观海日，缓缓过蘅皋"，将海上观日的感觉，在轻巧中写得悠然神远，此绝非凡手能办。按照吴乔的观点，恕我开句玩笑，作者曾大兴该是有"仙鬼"特质的教授了。

总而言之，曾教授身上的学者精神，使他的学术研究不断创新，却未使他的论文、论著带上学究气，更未使他的诗歌沾染书生气、陈腐气。我认为关键原因是他身上有极强的诗人气性。诗人气性与学者精神两相调节，成就了他的学问和诗歌。曾教授因有"学人之根柢"和"诗人之性情"，才使他的诗词显得与众不同。

曾教授似乎不太愿意把自己置于旧体诗词作者队伍中，所以，这部诗集在收录了诗词联之外，又收了新诗5首。这几首新诗都诗味醇厚，我不太相信这是曾教授所作新诗之全部。选几首新诗放在一本诗词集里，这种做法不很常见，但读读这本书末尾所附的几篇诗话就明白作者的特殊意图。在诗话里，曾教授先是"向旧体诗词作者进言"，忠告旧体诗人要注意"培养自己的接受者"，接着又同时向新、旧体诗人进言："新、旧体诗应该相互取资。"我认同曾教授的基本观点，在这里想稍做一点补充，那就是：我以为不管新体、旧体，只要立足于时代生活，语言、意象、写法都既可大胆追随自己心中的标准，又要有不断提高、不断完善的意识。一般来说，当今时代写诗（无论新体、旧体），已没有可能成为童蒙读物，写好了却可以拥有一定量的读者。在我看来，曾教授的《榕树叹》《咏木棉》等不少作品，应该会被历史记取的。读者诸君以为然否？

杜华平

2023 年 6 月 17 日

目录

总序

序一

序二

诗

吴丈蜀老师 / 001

元旦前夜 / 002

席上赠友人 / 002

偕喻君学才访周君腊生 / 003

车过中原 / 005

谒成都杜甫草堂 / 005

车过嘉陵江 / 006

嘲喻君学才索苦李 / 006

戏赠张方 / 007

思归 / 008

白鹿洞书院朱晦庵手植丹桂 / 008

秀峰放歌赠诸诗友 / 009

锦绣谷 / 009

别臧振 / 010

序《石桥曾李宗谱》 / 010

赠葛老先生 / 011

广州新竹枝三十七首 / 011

咏木棉 / 030

赠毕业生 / 034

奉和袁公《琴台四绝句》 / 034

京华九日赠友人 / 038

龙年贺岁答施先生 / 039

高考日忆先师五首 / 041

再咏木棉 / 043

拟屈子谢招魂 / 044

羊年正月初一携妻儿游东莞可园口占 / 044

日本志贺岛纪行诗六首 / 045

中秋二首 / 048

且看珠江水 / 049

觅张三 / 049

酒醒谢邻翁 / 050

食鱼谢邻翁 / 050

戏赠揭长春同学 / 051

和段天长《同窗十钗咏》 / 052

古绝致张同学 / 053

寿张三 / 053

梦还故乡 / 054

还故乡 / 054

贵州行 / 055

翁源行 / 056

芦溪五首 / 057

古绝悼茂堂爹 / 059

马林小屋 / 059

致邹君建军陶君礼天 / 060

新冠病毒二首 / 060

贵州拆关 / 061

戏赠数羊邹惟山 / 062

河堤 / 062

中国文学地理学会成立十周年志庆 / 063

长岛九丈崖古绝 / 073

辛丑年端午门下毕业研究生唐婧寄东莞道滘特色粽一提 / 074

榕树叹 / 074

壬寅重阳 / 076

归来二首 / 077

贺《惟山文存二集》出版二首 / 079

真假新冠 / 080

线上年会拟作 / 080

曾家石桥 / 081

葛仙山樱花 / 081

赠忠烈公 / 082

三国赤壁 / 082

相思湖三首 / 083

词

念奴娇 / 085

西江月·戏赠喻君学才 / 086

采桑子·戏赠邱春林归蒲圻 / 087

少年游·赠马利群学棣 / 088

长相思·观电视剧《济公》有感 / 089

浣溪沙·代人作 / 090

鹧鸪天 / 091

一剪梅·应门下弟子之请而作 / 092

浣溪沙·悼邱世友先生 / 093

江城子·官洲岛骑行 / 094

采桑子·重过沙湖 / 095

江城子·安阳小聚 / 096

鹧鸪天·戏赠王静彭玉平 / 097

鹧鸪天·王静读词 / 098

少年游·赠与会老友 / 099

联

春联 / 100

为武汉小东宫餐厅撰联 / 100

题赠江西芦溪县 / 101

为赤壁镇东柳村撰联 / 101

为东柳村撰联 / 102

为赤壁市万亩茶园之六角亭撰联 / 102

挽先师张国光先生 / 103

挽词人邱世友先生 / 103

悼词友龙建国教授 / 104

挽宗亲长尧叔 / 104

悼罗宗强先生 / 105

挽同仁吴君相洲教授 / 105

挽画家唐一文先生 / 106

新诗

当父亲节遭遇世界杯 / 107

去哪里看月光 / 109

草帽 / 111

一个人行走在元日的早晨 / 114

致读者 / 117

附录

十年之间五首诗——评曾大兴的新诗创作 / 122

培养自己的接受者——向当代旧体诗词作者进言 / 131

《诗词中国》创刊寄语 / 146

新、旧体诗应该相互取资——在"当代诗词创作批评与理论
　　研究青年论坛"上的发言 / 147

诗

吴丈蜀老师

性如巴蜀雪， 情似楚天风。

笔走龙蛇阵， 身囚牛马棚。

童心期盛世， 苦口课愚蒙。

荣辱两相忘， 百年一放翁。①

1982 年 12 月 2 日

---

① 1982 年 6 月，余考取武汉师范学院（今湖北大学）中文系古代文学专业唐宋文学方向研究生，师从张国光、曾昭岷先生。二位先生皆以为，学唐宋文学者应习诗词写作，于是请著名书法家、诗人、湖北省社会科学院研究员吴丈蜀先生来校教我们，每周两节课，历时半年。同学有喻学才、王兆鹏等。此诗即当时之习作。吴先生尝于课堂上评点曰："曾大兴在格律上过关了。"吴先生四川人，1957 年被划为"右派"，发配到沙洋劳改农场劳动，"文革"中被关进牛棚，1979 年方获平反，身历磨难 23 年，尝取刘禹锡诗制一印："二十三年弃置身"。（2019 年 8 月 31 日注）

元旦前夜

当买舟时不买舟,

江城羁旅一诗囚。

初惊白发身如槁,

还望青天月似钩。

几处今宵无醉饮,

谁家明日不嬉游。

遥知父老田间苦,

且入书丛不赋愁。

1982 年 12 月 30 日

席上赠友人

人生自古贵相知,

况是江城夜雨时。

醉卧君家君莫笑,

明朝春暖日迟迟。

1984 年 1 月 14 日

偕喻君学才访周君腊生

三月不出户，　东君自主张。

沟渠水缓缓，　平畴花亦芳。

桑林余晚照，　归雀噪池塘。

周君适中隐，　赁居村道旁。

省会多纨绔，　朝夕饮琼浆。

华屋居闹市，　车马颇张狂。

贫窭过相如，　竟乏四壁墙。

嗟尔文君贤，　何羡读书郎。

荆钗与布裙，　恐是嫁时妆。

闻见生人来，　停箸颇惶惶。

问我抽烟不，　夫言无烟藏。

久之延客坐，　瘦脸始生光。

含笑携稚子，　蹑足出门房。

周君感知友，　促膝谈文章。

西线无战事，　我心乐未央。

道乃文之魂，　奈何信雌黄。

是以今之文，　任它车斗量。

人在书已朽，　覆瓮且嫌脏。

嗟我同喻生，　少小罹风霜。

初悟人生理，　读书非浅尝。

夜阑忽有疑，　披衣久相商。

周君博雅士，　闻道先我行。

妙语泻珠盘，　小屋声琅琅。

坐久微风来，　蚊阵声锵锵。

闻道客将去，　妻孥忽近旁。

呼儿说再见，　儿言叫不当。

垢手如掘煤，　觫觫依母旁。

户口不在城，　至今远学堂。

呜呼！何日天眼开，略顾读书郎。

爱妻得完裙，　稚子免疏荒。

读书有所用，　虽死魂亦香。

三年不下泪，　于此泣千行。[①]

1984年5月18日

[①] 周君腊生，乃高余一届之研究生，治明清戏剧小说者。已婚，妻儿皆孝感农村户口。周君为补贴家用，时往湖北大学附近一菜农家，为其子补习功课。菜农不付课酬，腾一侧屋供周君一家暂住。余偕喻君造访之日，周君正研读埃里希·玛利亚·雷马克长篇小说《西线无战事》。（2020年8月19日注）

车过中原

禾苗着火野生烟,

半死鸡豚卧井边。

何日丹江清水至,

中原不再苦熬煎。①

1984年6月

谒成都杜甫草堂

凤尾森森莺语重,

师徒来至草堂中。

关山毕竟息戎马,

一酹浣花祭杜公。②

1984年6月

---

① 1984年6月,天大旱。曾昭岷师携余、喻君学才、王君兆鹏等游学成都。吾等自武汉乘火车至西安,途经中原,再转宝成铁路火车至成都。时南水北调工程尚在论证中。(2020年8月19日注)

② 1984年6月,曾师携余、学才、兆鹏等游学成都,拜访四川大学缪钺、华忱之先生,四川师范大学屈守元先生及四川省社会科学院谢桃坊先生。谒拜杜甫草堂即在此时。(2020年8月19日注)

车过嘉陵江

门前江水湍而黄,

门后竹篱护短墙。

辛苦农家贪早起,

背柴蹚过水中央。

1984 年 6 月

嘲喻君学才索苦李

江行叹昼永,　无物治萎靡。

舟泊万县港,　偶然得苦李。

苦李不为多,　一斤二十只。

青青方辞柯,　大小类拇指。

未啖舌已酸,　啖之酸骨髓。

以此疗道乏,　更将安腹里。

藏之塑料袋,　食辄取一只。

喻君山里人,　六年未食李。

见之眼放光,　饿猫遇小鲤。

一只未吐核,　目已睃袋子。

置之怀袖间,　从容与之戏。

先与一只啖,　久而不搭理。

不得辄相求，　失望更奋起。

扼臂且瞪眼，　恨恨且未已。

坐卧不得宁，　胸臆淌口水。

嗟尔高蹈士，　每将陶公拟。

五斗且不屑，　胡为恋一李。

因知守阳人，　止于传闻耳。①

1984年6月18日

戏赠张方②

博士张方性味殊，

不谈风月只谈书。

忽然佳丽来寻访，

只在层楼顶上居。

1986年

---

① 1984年6月，曾师携余、学才、兆鹏等游学成都。返汉时，曾师乘火车，吾等乘船。经万县码头时，余上岸购得李子数斤。(2020年8月19日注)
② 张方，复旦大学中文系古代文论专业博士，原解放军艺术学院副院长，现为中国人民解放军国防大学教授。(2020年8月20日注)

思归

岂有东门许种瓜,

更无苕溪可煎茶。

我思归去归何处,

细检初心乱似麻。

1988 年 7 月

白鹿洞书院朱晦庵手植丹桂

先贤手植两株丹,

佳气葱茏侵晓寒。

一似当年垂训诫,

树人树木总相关。①

(原刊《诗词》1990 年第 16 期)

---

① 1990 年 8 月 7 日至 11 日,赴庐山白鹿洞书院参加由华东师范大学古籍研究所、《诗词》编辑部等单位联合主办之"当代旧体诗词创作研讨会",识袁第锐、赖春泉、曹旭、刘梦芙诸诗家。(2020 年 8 月 20 日注)

秀峰放歌赠诸诗友

箕踞科头对秀峰，

振兴诗道此心同。

为酬洞主相招意，

联袂啸歌云海中。①

1990年8月10日

锦绣谷

白云堆谷未知深，

欲赴云涛效子平。

待到云消岩壑见，

恨无围砌护惊魂。②

1990年8月12日

---

① 1990年8月10日，余与龙建国、曹旭、杜朝中、李越深等诗友游庐山，观秀峰、瀑布、观音桥、陶靖节祠诸景点。（2023年4月17日注）
② 1990年8月12日，余与龙建国、曹旭、杜朝中、李越深等游庐山，观美庐、庐山会议旧址、锦绣谷、仙人洞诸景点。（2020年8月20日注）

别臧振

畴昔不相识，　今朝对榻眠。

无言共稽古，　有意各成篇。

步月湖边影，　举杯醉里仙。

舟车从此违，　相聚竟何年。①

1991 年 7 月 9 日

序《石桥曾李宗谱》②

忠武唐王之子孙，

播迁万里未沉沦。

为官为稼寻常事，

亦李亦曾淳厚人。

一谱在前思祖德，

双亲去后黯乡魂。

每登高阁千重阻，

暮色苍茫拭泪频。

2010 年春

---

① 1990 年 9 月至 1991 年 7 月，余往北京大学访学，师从陈贻焮、袁行霈先生，与陕西师范大学历史系臧振教授同住一室。臧君淡荡人，时共笑语。（2020 年 8 月 19 日注）

② 2010 年春，湖北仙桃石桥族人续谱毕，邀余为序，序成赋诗一首。（2023 年 11 月 26 日注）

赠葛老先生

葛老先生境界高,

为官清正不辞劳。

晚年吏隐小河畔,

半枕诗书半枕涛。①

广州新竹枝三十七首

余多年不作诗,盖因生活无诗,生命无诗,心中无诗也。2010年春节,因无事可为,且无处可去,在家人抹牌嬉笑之声中落笔,一连写下竹枝词三十七首。前人为广州竹枝词多矣,余之内容与风格略异,因名"广州新竹枝"。

序诗一

愧对方家说我诗,

我诗尽是竹枝词。

不陈典故不敷彩,

不作阉然媚世姿。

(原刊《中华诗教国际学术研讨会会刊》2010年3月)

---

① 葛老先生,吾四弟大庆之岳丈也。早年任新店公社党委副书记、赤壁市企业局局长。退休后,天晴则垂钓,天雨则作诗。(2020年8月20日注)

序诗二

流寓羊城十六春,

试凭俚语记知闻。

一支吟罢暂回首,

日落西山起暮云。

(原刊《中华诗教国际学术研讨会会刊》2010年3月)

五羊城标

都道城标是五羊,

个中奥秘孰能详。

由来食谷岂乏稻,

不在牧区何贵羊。[①]

[①] 五羊城标在越秀山上,其造型来自传说,云周朝时,有五位仙人骑五只羊降临番禺(今广州),羊嘴里各衔一枚稻穗。(2023年4月18日注)

气候

三冬无雪草芊芊,

二月多阴落叶旋。

最是一天寒暑替,

午穿 T 恤早穿棉。

(原刊《中华诗教国际学术研讨会会刊》2010 年 3 月)

珠江夜游

万家灯火映珠江,

两岸风光似画廊。

岸上人观船上景,

船头人指两边厢。

珠江治污

几度治污实可伤,

又拿清水洗珠江。

上游不管下游苦,

污了江河污海洋。

(原刊《中华诗教国际学术研讨会会刊》2010年3月)

白云索道

云山自古莽苍苍,

百兽乐园鸟天堂。

索道一条通到顶,

飞禽走兽大逃亡。

(原刊《中华诗教国际学术研讨会会刊》2010年3月)

龙洞

家居龙洞古村边,

一水一山一菜田。

醉罢归来人不识,

倚门无语对青天。

春联

过年不用写春联,

一副春联印万千。

户户皆言财滚滚,

人人尽道福绵绵。

(原刊《中华诗教国际学术研讨会会刊》2010年3月,
又刊《诗词》2010年9月15日)

群发短信拜年

阿婆礼数本周全,

年节早封压岁钱。

短信一条群发我,

好多利是你无缘。

(原刊《中华诗教国际学术研讨会会刊》2010年3月)

新年花市

人算依然不及天,

新年花市雨绵绵。

可怜无数朱砂橘,

东倒西歪弃路边。

(原刊《中华诗教国际学术研讨会会刊》2010年3月)

看烟花

琶洲岛上放烟花,

十里方圆路被遮。

雷火电光惊恐恐,

狂欢过后急寻车。

清明祭祖

未及清明即上坟,

行人车马动晨昏。

乳猪烧了烧别墅,

烧个本田供出巡。

(原刊《中华诗教国际学术研讨会会刊》2010年3月)

端午龙舟

鼍鼓惊天笑语稠,

满村哥仔赛龙舟。

但知比赛为夺锦,

哪解沉江屈子忧。

(原刊《中华诗教国际学术研讨会会刊》2010年3月,又刊《诗词》2010年9月15日)

广式月饼

月光如水又中秋,

不为离愁为饼愁。

广饼一盒甜死你,

张家不要李家投。

(原刊《中华诗教国际学术研讨会会刊》2010年3月)

冬至家宴

但逢冬至减公差,

冬至大过年节来。

老少一围鸡菜宴,

鸡谐吉利菜谐财。

(原刊《中华诗教国际学术研讨会会刊》2010年3月)

祭神

朝朝暮暮祭神灵,

道是心诚态不诚。

跋对拖鞋求土地,

穿条短裤拜财神。

(原刊《中华诗教国际学术研讨会会刊》2010年3月,
又刊《诗词》2010年9月15日)

下午茶

午睡醒来上酒家,

三盘糕点四壶茶。

天南地北雷人事,

说到城头月子斜。

(原刊《中华诗教国际学术研讨会会刊》2010年3月,
又刊《诗词》2010年9月15日)

暴食

山中异物口中餐,

食过黄鲸食鼠獾。

食到病毒来附体,

呜呼一命丧黄泉。

(原刊《中华诗教国际学术研讨会会刊》2010年3月)

闹市新居

繁华闹市置新居,

盆里栽花三两株。

半块麻石当野岭,

一瓢静水作平湖。

(原刊《诗词》2010年8月15日)

牛蛙

不养鱼儿不养虾,

小区蓄水喂牛蛙。

三更半夜犹聒噪,

投诉无门只叹嗟。

马路翻修

马路新修镜面光,

忽然破肚又开膛。

去年规划今年改,

到了明年再扩张。

(原刊《中华诗教国际学术研讨会会刊》2010年3月)

交通执法

交通警察不张扬,

不执令旗不站岗。

树上装个电子眼,

罚来罚往没商量。

(原刊《中华诗教国际学术研讨会会刊》2010年3月)

赃官

台前像个孔繁森,

台后分明王宝森。

正对传媒夸德政,

反贪警察已光临。

校服

灰不溜秋一色装,

下身肥短上身长。

百千学子候公汽,

疑是企鹅跂路旁。

(原刊《中华诗教国际学术研讨会会刊》2010年3月)

网吧

巷尾巷头多网吧,

一灯如幻一帘遮。

奸商布下迷魂阵,

失路少年不着家。

(原刊《中华诗教国际学术研讨会会刊》2010年3月)

学术大师

开场锣鼓竞喧喧,

各路大师舞翩跹。

中外古今夸海口,

说来说去老三篇。

(原刊《中华诗教国际学术研讨会会刊》2010年3月,又刊《诗词》2010年8月15日)

白发

花城四季百花开,

岂有风霜过岭来。

满眼春光不觉老,

一头白发费惊猜。

(原刊《诗词》2010 年 10 月 30 日)

染发

每将缁水染青丝,

道是己知人不知。

偶尔风吹头上草,

分明黑白两参差。

(原刊《诗词》2010 年 10 月 30 日)

散步

二沙岛上晚风微,

星海楼前仙乐回。

但觉夕阳无限好,

不知白发暗相催。

(原刊《诗词》2010年10月30日)

老有所乐

假山假水假农庄,

负鼓阿婆又上场。

脸似桃花眉似黛,

载歌载舞颂时光。

黑哨

绿草如茵场地宽,

一球牵引万人欢。

忽然黑哨凌空起,

唾沫交飞意兴残。

导游

门店商场指画频,

导游无处不留神。

一条段子忽悠你,

再去后台兑偿银。

(原刊《中华诗教国际学术研讨会会刊》2010年3月)

硕士卖猪

昔年辛苦一床书,

今日柜台卖土猪。

子曰诗云归粪壤,

出门有车食有鱼。

情歌一

流溪河水汇珠江,

两岸桂花十里香。

但见桂花开四季,

一年能见几回郎。

情歌二

流溪河畔木棉花,

河上风来影子斜。

唯愿水长花有信,

不教容易误年华。

(原刊《中华诗教国际学术研讨会会刊》2010年3月)

客家歌墟

越王台上木棉花,

镇海楼前竹影斜。

不著铅华存本色,

客家一曲动千家。

(原刊《诗词》2010年10月30日)

咏木棉

辛卯年正月十一日凌晨,梦中得句:"一树豪华照晚晴。"醒而思之,当是咏木棉者,因捉笔补成之。古人咏此花者甚多,不知有此句否?

一树豪华照晚晴,

暮春景色最鲜明。

借他三尺英雄胆,

不作江干垂老行。

(原刊《新快报》2011年4月14日)

附孙维城:奉和曾大兴教授

其一

友人寄我木棉诗,

铁干凌云红满枝。

绿叶何须回护力,

南国老尽正风姿。

其二

友人寄我木棉诗，

洒落襟期更可知。

我欲因之浮大白，

荒寒一洗见春时。

附刘尊明：奉和大兴兄

大兴兄以梦中得句而足成之《咏木棉》一绝贺年，大有深意焉，弟略有感悟，和之以为答谢。

其一

烈焰烧空一树晴，

繁华照我两眸明。

东隅已逝桑榆在，

好伴此君岭上行。

其二

片片飞霞日正晴,

团团火炬照空明。

一年最是此花艳,

长壮英雄岭海行。

附孙幼明：奉和曾大兴教授《咏木棉》

莺飞草长喜新晴,

寻得春光照眼明。

莫道英雄多气傲,

此花总伴路人行。

附孟繁华：和大兴友《咏木棉》诗

其一

木棉花开映晚晴，

彤彤采焕岭南明。

恍若隔世沙湖径，

梦里同君两地行。

大兴与我，同系湖北大学中文系1978届学友，同窗四载，每日晨读于沙湖之畔，仍历历在目。

其二

抱朴闲居话雨晴，

春风徐引故园明。

谁言吾友桑榆晚，

健步登攀亦壮行。

赠毕业生

四年辛苦费耕耘,

赢得校园满眼新。

莫道前程方雨季,

雨中风色更撩人。

2012 年 6 月

奉和袁公《琴台四绝句》

其一

琴台一别到如今,

每于依稀梦里寻。

二十年间风物改,

此心犹是少年心。

其二

一从季子贵多金,

天下熙熙欲海深。

见说官民多作贾,

几人月下理瑶琴。

其三

遥望名山百感侵,

机缘至处有知音。

可曾记得匡庐会,

老少诗家自在吟。[1]

---

[1] 1990年8月7日至11日,袁第锐先生在江西庐山白鹿洞书院主持召开诗词创作研讨会,全国各地六十余位诗人与会,余亦有幸叨陪末座,并草拟会议新闻刊于《诗词》报。

其四

春到琴台柳似金,

泥蒿鲜美腊鱼沉。

高山流水千盅酒,

羡煞羊城一颗心。

2013 年 3 月 28 日于广州

附袁第锐：琴台四绝句

其一

月湖风物古如今,

流水高山不可寻。

怪底子期归去疾,

琴台犹是百年心。

其二

何曾友谊贵如金，
我到名山感慨深。
莫怪迩来情势异，
人间到处起洋琴。

其三

乍到琴台百感侵，
高官樵子作知音。
可怜人去余风杳，
空对名山发浩吟。

其四

千古风流贵似金，
子期归去好音沉。
朝三暮四多如鲫，
几个人存铁石心。

京华九日赠友人

2013年10月13日,余应邀赴京出席中央文史研究馆主办,中华诗词研究院承办之"雅韵山河"当代中华诗词学术研讨会,会后诗友小集,作此。

且上层楼去, 楼头避玉珂。

灰霾九日少, 清景一时多。

菊蕊堪盈把, 蟹黄初出锅。

明朝即解袂, 不饮待如何。

龙年贺岁答施先生

其一

忝列门墙若许年，
晴观沧海雨观山。
先生自有锦囊在，
求索不成试问天。

其二

学海无涯水际空，
扁舟一叶忽西东。
十年不辨云中树，
端赖先生指画中。

附施议对：龙年贺岁

其一

秋叶春华不计年，

通神万卷笔如山。

一杯新岁为君醉，

得句锦囊自在天。

其二

一洗尘凡万马空，

相逢海角碧峰东。

箫韶迎得九州遍，

端赖先生州帐中。

高考日忆先师五首

其一

犹记当年赴考时,

麻鞋斗笠雨如丝。

步行十里未迟到,

惊煞考官与我师。①

其二

我师且喜且忧心,

知我数学思力贫。

答过五分即缴卷,

再次惊煞场外人。②

---

① 1978年7月20日,余从东柳村回母校赤壁中学参加全国高等学校统一招生考试。(2023年4月15日注)
② 7月20日上午考政治,下午考历史,余皆率先交卷,场外工作人员颇吃惊。21日上午考数学,余做完一个五分题即交卷,提前一个半小时。场外工作人员不知,谓余乃文理全才,惊诧不已。(2023年4月15日注)

其三

史地政文吾在行,

数学稍弱又何妨。①

少年意气冲牛斗,

且送我师回草堂。

其四

考生八百我夺冠,

赢得乡人沿路观。②

临别敬师一碗酒,

我师忧我着衣单。

---

① 是年高考,余之历史、地理、政治、语文各科成绩均在80分以上,数学仅5分。(2023年4月15日注)
② 是年在赤壁中学参加高考者,有赤壁公社、小柏公社、洪山公社及黄盖湖农场之应届高中毕业生和社会青年共八百余人,社会青年居多。结果只有四名应届高中毕业生和一名社会青年被录取,其中三名本科,两名专科,余即被本科录取之社会青年。公社,相当于今之乡镇。(2023年4月15日注)

其五

少年得志壮年忧,

未报师恩已白头。

吟罢小诗街上去,

又为一日稻粱谋。①

2014 年 6 月 7 日

再咏木棉

伟然不与众花同,

一树豪情万丈风。

何意木棉遭摒弃,

紫荆却在上林中。②

---

① 2014 年 6 月 7 日,乃全国统一高考日。余应赵维江教授之约,赴暨南大学任古代文学专业词学方向博士研究生毕业论文答辩委员,出门之前作诗五首。(2023 年 4 月 15 日注)
② 据相关单位称,拟在广州各大公园及主要街道两侧植紫荆树 30 万棵,只字不提作为市花之木棉。或云广州不再种木棉,乃因有市民反映,木棉花落易伤人,故近年木棉多遭砍伐。夫花落亦觉伤人,则世上何物不伤人?何不弃世而去也?几年前曾作《咏木棉》一首,今再作一首。

拟屈子谢招魂

当年只道楚王昏，

岂料秦王暴且浑。

江底鱼龙堪作伴，

不劳击鼓赋招魂。

羊年正月初一携妻儿游东莞可园口占

战罢归来思弄弦，

将军才调迈前贤。

借他三亩三分地，

绘就人间锦绣篇。

2015 年 2 月 19 日

日本志贺岛纪行诗六首

2015年8月26日至29日（农历七月十三至十六），文学地理学国际学术研讨会暨中国文学地理学会第五届年会在日本福冈市志贺岛举行，与会学者颇有吟咏，余亦作诗六首。

观海日

斗酒不能醉， 依然胆气豪。

披襟观海日， 缓缓过蘅皋。

夜听涛声

夜半松风息， 枕边闻海涛。

偶成三五句， 明日待挥毫。

研讨会

平坐论风骚， 群贤兴致高。

专题报告毕， 研讨再分曹。

酒会

持螯更把酒， 古礼接时髦。

醉后自歌舞， 楼头秋月高。①

---

① 8月27日（农历七月十四日）晚，东道主海村惟一教授设宴招待与会专家，宾主依汉唐古礼席地而坐，食东海海鲜，饮日本清酒。席间兴起，专家们跣足歌舞吟诵，无伴奏。夜阑方散。

访古

驱车寻古印， 所见多蓬蒿。①
稽首戒坛院， 菩提遮旧袍。②

惜别

驿馆酒旗飘， 骊歌不嗷嘈。
主宾隔路对， 举手长劳劳。

2015 年 8 月 29 日

---

① 日本天明四年（1784），志贺岛农民从大石下发现东汉建武中元二年（57）光武帝所赐"汉委奴国王"金印。此印现藏福冈市博物馆。从志贺岛驱车至能古岛，在也良岬公园入口，有"汉委奴国王金印发光之处"石碑。
② 此戒坛院在福冈县太宰府市筑紫观世音寺，系唐代鉴真和尚于公元753 年所建，院内尚有鉴真和尚从扬州大明寺携去并手种之菩提树一株。鉴真和尚六渡扶桑，曾先后在筑紫之观世音寺、奈良之东大寺和下野之药师寺三处建有戒坛院，当时被称为"天下三戒坛"。

中秋二首

其一

秋节似春光，　街头粤菜香。

有心约老友，　又恐塞车长。

其二

佳节欲何往，　家乡道里长。

仰观清月满，　不觉秋夜凉。

2015年9月27日（农历八月十五）

且看珠江水

且看珠江水， 莫为迟暮吟。

水流归大海， 人老静尘心。

江上歌声杳， 堤边草色侵。

块然独坐久， 不觉月来寻。

2015年12月31日

觅张三 [①]

罗浮山里觅张三，

山道崎岖水道弯。

许是寻仙迷远近，

日之夕矣未曾还。

[①] 张三即星海音乐学院教授王少明，尝云其母姓张，自己又排行第三，因以张三为笔名。（2016年2月10日注）

酒醒谢邻翁

晌午入城市， 归来日已曛。

开门忘锁钥， 解酒赖芳邻。

食鱼谢邻翁

张老荣休久， 天晴把钓竿。

有鱼即惠我， 三谢不能餐。

2016 年 3 月 1 日

戏赠揭长春同学

大学同学揭长春所住小区樱花灿然,因拍照放进微信聊天群,戏作一首。

樱花开在揭家院,
每到花时红一片。
可惜佳人不共赏,
多情公子空思念。

和段天长《同窗十钗咏》①

长忆青青柳，　琪光映海堤。

湘灵舒广袖，　帝子舞云霓。

风采美而艳，　芳踪寻复迷。

翠眉含远黛，　西子浣纱溪。

孝女在江汉，　老莱着彩衣。

丁香思故里，　遥望草萋萋。②

---

① 段天长，大学同窗，潜江人，住广州。同窗十钗：十位大学女同学。
② 柳：章柳依，武汉人。琪：张琪，武汉人，住深圳。湘：彭敬湘，湖南人，住武汉。霓：谢霓，武汉人，住福州。艳：吴艳艳，洪湖人，住美国。芳：方春芳，黄石人，先住武汉，后住深圳。翠：张翠佼，武汉人。西：蔡西玲，武汉人，住上海。孝：范孝珍，武汉人。丁：丁洪，武汉人，住深圳。

古绝致张同学

大学张同学在青海旅游,始发西宁,见景色灰蒙蒙大不如前,于微信聊天群中一再感叹,因赠古绝一首。

车发西宁东复东,

风光不与昔时同。

但求心里无遮蔽,

岂因山容作愁容。

寿张三

满堂欢喜寿张三,

花烛荧荧酒半酣。

绚烂人生归平淡,

举杯不唱行路难。

梦还故乡

凉夜静如水， 倏然至故乡。

茅檐虽仄小， 瓦罐尚余粮。

弟妹门前戏， 双亲灶后忙。

啖儿瓜菜饭， 醒后齿留香。[①]

还故乡

清明思祖德， 携子认原乡。

墓冢香缭树， 家居鼠跳墙。

阶除覆艾草， 檐角挂枯桑。

十载还乡梦， 还乡却断肠。

2016 年 7 月 17 日

---

① 母亲过世已八年，父亲过世则二十年矣。（2016 年 7 月 17 日注）

贵州行

人间何处有天堂，

不在苏杭在夜郎。

苗寨千家浸晓月，

瀑群十里沐朝阳。

平居但觉炎蒸苦，

行旅方知夏日凉。

从此心中无远近，

睡眠佳处即吾乡。①

---

① 2016年8月7日至13日，应门下访问学者文迪义教授之邀，作贵州七日行。既观中国之第一大瀑布与世界之第一大苗寨，增长见闻，活络筋骨，又享最为清凉之夏日气候，治愈困扰多时之失眠症。因赋小诗以表感激，并向诸亲友推介贵州旅游。（2016年8月14日注）

翁源行

果然粤北春阴重,

二月桃花尚未开。

幸有翁山文脉永,

诗情画意扑人来。①

2017 年 2 月 25 日

---

① 2017 年 2 月 25 日,余应中山大学岭南诗社张海鸥教授之邀,赴粤北翁源县采风。天气犹寒,桃花未开而李花已谢。白天参观唐代翁源籍诗人邵谒之读书处——书堂石,以及存有五座客家围屋之南堂,晚上出席由翁源诗书画社主办之雅集,因口占一绝。(2017 年 2 月 25 日注)

芦溪五首

三宝园

开门疑见雪， 细看却为沙。
北国南疆景， 挪移三宝家。①

车湘傩

晴天一阵鼓， 村上观傩舞。
面具乍掀开， 分明是老妪。②

玉皇山

驱车拜玉皇， 山上多云雾。
宫殿未曾开， 仰观红豆树。

---

① 2017年11月10日，应邀参加江西芦溪诗会。余是日上午在韩国庆北大学讲学，下午2时从庆北大学门口乘大巴至仁川机场，晚上11时上飞机，11日凌晨1时至长沙黄花机场，再乘诗会主办方安排之小巴至江西省萍乡市芦溪县宣风镇，凌晨3时入住三宝休闲园。（2023年4月16日注）

② 同出席诗会诸君考察南坑镇傩神庙、张佳坊乡之玉皇山等处。（2023年4月16日注）

东阳樟树

东阳千岁樟，　几度临斤斧。

幸得土风淳，　方能逃劫数。①

金门宗祠②

明湖享大名，　端赖金门对。

源陂饶风情，　佳联待后辈。

---

① 同出席诗会诸君考察芦溪镇东阳村及源南乡之刘凤诰祖屋。（2023年4月16日注）
② 金门宗祠即济南大明湖铁公祠名联"四面荷花三面柳，一城山色半城湖"作者刘凤诰之宗祠，金门为刘凤诰之号。（2017年11月25日注）

古绝悼茂堂爹

去年接走一诗翁,

今年又接一诗翁。

许是天庭太寂寞,

不管人间泣哀鸿。

马林小屋

年年于此上坟山,

青草池塘小艇弯。

赖有渔房能避雨,

只今不见主人还。

2019 年清明节于老家东柳

致邹君建军陶君礼天

风水地形在下中,

无劳邹衍相西东。

贤愚所出不分地,

陶令此言吾认同。①

新冠病毒二首

其一

新冠尔细虫, 寰宇逞威风。

感染小分异, 惊慌大体同。

村庄铁马竖, 都市路人空。

不日大雄至, 收归盂钵中。

---

① 2019年11月16日,中国文学地理学会与湖北科技学院在咸宁市联合召开"新媒体时代文学地理学与地方文化建设学术研讨会"。陶礼天教授在会上发言说:古人讲"江山之助",也讲"贤才不择地而生"。吾深表赞同。会后,邹建军教授提议去赤壁看吾旧居之风水,因作此诗回应二君。(2019年11月17日注)

其二

毒虫威虐甚，　庚子俱怀忧。

壮岁八成愈，　高龄一病休。

城乡惊闭塞，　亲友恐交流。

医护诚忠勇，　疫平看上谋。

2020年2月16日凌晨作

贵州拆关

毕竟贵州非夜郎，

拆关通路有担当。

复工复产复行旅，

表率九州阳气张。[1]

---

[1] 自新冠肺炎疫情爆发以来，全国各地封城闭关。2月15日，贵州省委宣布，自当日傍晚始，取消所有"关卡"，畅通省内交通。此为全国各地封城设关后取消"关卡"之首例。（2020年2月16日注）

戏赠数羊邹惟山

网络视频诚诡谲,

诗人癖好亦难猜。

心知画面失真处,

细数蒙羊消夏来。①

河堤

河堤风色好, 佳人款款行。

偶见萧郎至, 怯怯不吱声。

2021 年 2 月 24 日

---

① 今天有人在微信群转发一视频,并配文字云:"蒙古国援助中国的 30000 只羊,终于走过来了,一个先遣团今天下午抵达北京延庆,很是壮观。"但随之就有内行指出不可信,谓羊不可能走这么远,不然早就掉膘了。诗人邹惟山心知是假,但还要细数之,谓只有 700 多只羊。诗人性情之可爱,由此可见一斑。因作小诗一首。(2020 年 5 月 27 日注)

中国文学地理学会成立十周年志庆

其一

文学地理辟新疆,

端赖南昌第一枪。

老少诸君齐攀越,

年刊年会作梯航。①

其二

邹夏高陶著述多,

各携佳作互磋磨。

一从川鄂加盟后,

硕博才人影婆娑。②

---

① 年刊即《文学地理学》,每年出版一辑。年会即中国文学地理学会年会,每年召开一次。

② "邹"即华中师范大学邹建军教授,"夏"即江西省社会科学院夏汉宁研究员,"高"即西北民族大学高人雄教授,"陶"即首都师范大学陶礼天教授,"川鄂"即湖北大学刘川鄂教授,五君皆中国文学地理学会副会长。"硕博人才"即参加文学地理学硕博论坛的在读硕士、博士研究生,该论坛每年举办一次。(2023年4月16日注)

其三

滕王阁畔柳如烟,

十载重逢赣水边。

欲借子安才八斗,

学科建设再加鞭。

附陶礼天：奉和大兴兄新咏

《中国文学地理学会成立十周年志庆》

其一

地灵人杰意无疆,

召集高朋发号枪。

畏友平生有曾夏,

皇皇大著是梯航。

其二

楚人自古叹才多,

良会年年共琢磨。

能赋登高缘眼量,

翩翩雏凤舞婆娑。

其三

当时往事未如烟,

新学思成江水边。

三十年前幽谷景,

骅骝骏足不须鞭。

附杜华平：中国文学地理学会成立十周年次会长韵

一

重估学术旧封疆，

文地相关斗短枪。

回首披图今十载，

春江万舸趁舟航。

二

年年一会识荆多，

喜得儒先相琢磨。

亹亹还听才俊说，

怜予老去共婆娑。

三

故国江山倚暮烟,

滕王阁外绿无边。

一尊明日为君寿,

贾勇搴旗再着鞭。

附顾宝林：恭贺中国文学地理学会十周年次曾会长韵

其一

天南地北聚豫章,

为纪当年第一枪。

十岁功勋后人论,

欣逢盛世又开航。

其二

文学地理高论多,

疑云相析互磋磨。

洪都一别十年后,

再聚或时泪婆娑。

其三

赣江涛荡柳如烟,

重聚又临歧路边。

愿祝才堪子安体,

文章锦绣再加鞭。

附张福清：庆祝中国文学地理学会成立十周年次曾会长韵

其一

十载青春拓广疆，
南昌乃是发声枪。
终军志遂非容易，
同调年年作远航。

其二

纬地经天建树多，
程门立雪互磋磨。
神州赤县纷披过，
文理宜人影抚娑。

其三

梦中高阁绕江烟,

旧雨新知聚赣边。

王氏才思飞凤藻,

群英会举祖生鞭。

附李剑清：中国文学地理学会成立十周年次会长韵

一

学术本来不羁疆,

转时入地点翠枪。

书斋穷坐能行否,

谁谓河广苇可航。

二

一倡三和何其多,

并肩连踵踵相磨。

手握灵蛇吐妙说,

菩提树下共婆娑。

三

秦赣相隔万重烟,

十年嘉会高阁边。

预闻高论成羁绊,

临水空嗟欲投鞭。

附王渭清：纪念中国文学地理学会成立十周年次曾会长韵

其一

自古论学重开疆，

南昌首义闻号枪。

文学地理倡十载，

济济多士启新航。

其二

曾子振臂应者多，

文学景观引磋磨。

一从开讲名楼后，

"学习强国"赞婆娑。

其三

江山如画柳如烟,

惹得骚人思无边,

文学从来地理助,

空间谭艺着先鞭。

长岛九丈崖古绝

貌似人工实鬼工,

长岛不与他处同。

九丈崖畔凝望久,

迎受黄渤二海风。①

---

① 2021年10月29日,应山东烟台市蓬莱区之邀,讲《蓬莱阁与海洋文化》,30日游烟台长岛作。

辛丑年端午门下毕业研究生唐婧寄东莞道滘特色粽一提

今年端午不寻常,
为抗疫情上下忙。①
难得一人心素静,
寄来莞粽老夫尝。

榕树叹

岭外殊风土,　所在多榕树。
街边则成行,　村落则成聚。
小者如冠盖,　大者似穹户。
气根枝下垂,　疏朗髯丝缕。
板根地上蟠,　密实龙爪护。
经冬叶青青,　过雨籽簌簌。
清晨雾未歇,　树杪盘鸥鹭。
夏日好风来,　窃窃如私语。
单衫聚树荫,　适以消溽暑。

---

① 自公历5月25日起,广州再次遭遇新冠病毒之侵袭,数百人感染,荔湾、海珠、番禺三区计有八街道封闭,人们隔离家中,不得出户。吾等亦再次做核酸检测。若无检测之证明,则不能坐地铁和公交矣。

砖地嬉小儿，　石礅盘翁妪。
谈笑悦街坊，　资信益商贾。
四季饶佳节，　枝头挂红布。
罗杯酹树神，　香烛伴歌舞。
祭尔吉祥木，　祀尔风水树。
每闻父老言，　故乡在中土。
不堪安史乱，　间关奔此处。
天性颇近榕，　风雨且无阻。
房前屋后栽，　千载成风俗。
不意辛丑岁，　咄咄生变数。
省会万千榕，　纷纷遭斤斧。
街坊惊诧极，　多方问缘故。
胥吏从容曰，　所为皆有据。
省会榕树多，　规模超制度。
两成即足矣，　何况逾半数。
榕老潜隐患，　改种榄仁树。
街坊意未平，　投书问当路。
何树不变老，　树老有风骨。
何物无隐患，　隐患可拆去。
当路高难问，　胥吏左右顾。
街坊一何悲，　胥吏一何固。

新冠肆虐日，　砍斫震耳鼓。

园林与街边，　狼藉未忍睹。

嗟尔荒服榕，　形质本朴素。

有实不供口，　有花不悦目。

既乏清供姿，　更非廊庙具。

无用未全年，　天意岂可度。^①

2021 年 6 月 28 日作于花都寓所

壬寅重阳

佳节又重阳，　南中似转凉。

登高无预约，　赏菊费周章。^②

瘴气依然重，　鼻炎何日康。

观书乏意趣，　独坐倚东墙。

2022 年 10 月 4 日（农历重阳）

---

① 2020 年 12 月至 2021 年 5 月，广州市大规模砍伐市内榕树，省市人大代表、政协委员、媒体及部分市民多次呼吁停止砍伐而不果。2021 年底，中共广东省委决定对 10 名领导干部严肃问责。（2023 年 4 月 16 日注）

② 余在广州 30 年，每年重阳节皆于电视新闻中见白云山上人山人海，余欲登高而不能。自 2022 年始，重阳节登白云山者须在网络上预约，更难矣。（2023 年 4 月 16 日注）

归来二首

其一

岭外流人染瘴身,
一归桑梓便精神。
屋前屋后观莲藕,
村尾村头数细鳞。
书院设席招三弟,
祭堂行礼拜双亲。
连年春社作东道,
谷酒腊鱼飨四邻。①

---

① 2021年,余出资,三弟监工,在老家宅基地上建书院一座。2022年在赤壁市民政局注册"文学地理学书院",2023年3月挂牌成立。自2022年始,本村乡亲即于农历二月初二在书院举行"土地会",余作为东道主设宴款待众乡亲。余有两姐、一妹、三弟,或居他乡,或居城里,多年未团聚。自书院建成,姐妹兄弟皆归来矣。(2023年4月16日注)

其二

浑然忘却六旬身,

登上讲坛即有神。

三国英雄生气现,

四围听众掌声频。

兴修书院存文史,

规划旅游助脱贫。

每见儿童生愿景,

不因老树叹年轮。

2022年9月29日

贺《惟山文存二集》出版二首

其一

诗人浩瀚如星斗,

几个能为十四行。

转世莎翁中土见,

前番冯至后邹郎。

其二

既擅文章又擅诗,

才情天赋系临淄。

令人想见谈天衍,

正是邹郎说地时。①

2022 年 11 月 14 日

---

① 邹惟山,本名邹建军,华中师范大学教授,治比较文学、文学地理学及当代诗歌,亦能诗,尤长于十四行诗。(2023 年 4 月 16 日注)

真假新冠

真真假假闹新冠，

战战兢兢久未安。

急急忙忙封市镇，

康康健健做核酸。

2022 年 11 月 16 日

线上年会拟作

隔离三载每相思，

又到华山论剑时。

且喜同门均在线，

云端高处是吾师。[①]

2022 年 11 月 22 日

---

① 中国文学地理学会第十二届年会暨第七届硕博论坛于 2022 年 11 月 18 日至 20 日由洛阳师范学院承办，因疫情关系，只能在线上召开，因有是作。

曾家石桥

曾是江西耕读人，

家居湖广洛河滨。

石榴万朵红灿灿，

桥下一湾碧粼粼。[①]

2023年2月18日

葛仙山樱花

葛仙山顶野樱花，

朝似云霓晚似霞。

儿辈不谙乡土色，

每将车马塞罗家。[②]

2023年3月26日

[①] 余之祖籍在湖北仙桃市曾家石桥，近日作家达度、洛沙完成长篇纪实散文《曾李世家》，邀余为序。序成作藏头诗一首，以为纪念。

[②] 罗家者，罗家山也，珞珈山之原名。

赠忠烈公

连日奔波廛市中,

观花走马未从容。

今回老屋深山里,

明月清泉酒不空。①

2023 年 4 月 29 日

三国赤壁

以火攻曹剩石头,

江山留与后人谋。

一桥飞架通南北,

万亩瓜蔬销九州。②

2023 年 5 月 1 日

---

① 2023 年 4 月 23 日至 28 日,余与陈希、陈忠烈二公受广州市文化广电旅游局之邀,检查评估市内 20 家非物质文化遗产工作站,连续奔波六天,均感劳顿。29 日早,忠烈公即回清远农村老家,享受山水之乐,余与希公仍居市内,因有此作。承希公指瑕,为一纪念。

② 三国赤壁古战场又名石头口,即今赤壁市赤壁镇政府所在地。2021年 9 月 25 日,赤壁长江公路大桥正式通车,当地所产大棚蔬菜畅销南北。

相思湖三首

其一

相思湖畔话相思,

七夕也称阳历时。

硕博论坛开幕日,

正逢牛女度佳期。[1]

其二

相思湖畔种相思,

又到华山论剑时。

各洒潘江倾陆海,

无论旧雨或新知。

---

[1] 2023年7月7日至9日,中国文学地理学会第十三届年会暨第八届硕博论坛在广西民族大学举行。该校所在地名相思湖,与会者均住相思湖国际大酒店。

其三

相思湖畔续相思,

歌阕酒阑人散时。

汽笛一声山水隔,

香囊在手泪如丝。①

---

① 广西民族大学文学院作为本届年会和硕博论坛的承办方,赠每位参会者一枚铜鼓形的绿色香囊,以为手信。

词

念奴娇

轻寒细雨,望沙湖十里,烟云迷乱。渐近黄昏江汉客,不耐孤清学馆。旧帙新书,欲开还闭,总意灰心懒。功名尘土,岁华销蚀强半。

因念垄亩躬耕,日落未归,慈母村头唤。笑语联翩团坐起,且进鱼蔬干饭。细捻油灯,慢伸土纸,诗兴清泉转。乡愁何限,夜来闻笛凄断。

1983 年 3 月 10 日

西江月·戏赠喻君学才

家有贤妻爱子,户藏美酒精粮。缘何日日啖糟糠,搁此天伦不享。

赤膊舞文弄墨,东涂西抹真忙。分明误入利名场,问汝几时认账。①

1983 年 6 月 7 日

---

① 喻君学才长余四岁,乃余大学同窗,1982 年复偕余考入张、曾二先生之门。1982 年底成家,不久即获麟儿。嫂夫人乃湖北大学附属中学英语教师,颇贤德,善持家。然喻君耽于学问,每蜗居研究生宿舍,经时不归。(2020 年 8 月 19 日注)

采桑子·戏赠邱春林归蒲圻[①]

三春最是江南好。古柳新衣,乳燕芹泥。十里桃花映绿陂。

山头雾敛佳人出。潋滟晴晖,江树微微。芳草萋萋不见归。

1984年3月19日

[①] 邱春林,蒲圻县(今赤壁市)人,时在湖北大学参加学术会议。(2020年8月20日注)

少年游·赠马利群学棣

马利群学棣,江西九江人,少年失怙,作《少年游》,词情悲苦。因步其韵以慰之。

匡庐惨淡九江迷。枯草与人齐。哀哀父老,凄凄雏燕,生死两依依。

冰澌溶泄韶光好,桃李自成蹊。赖有文章,织成云锦,作你嫁时衣。

1987年3月

长相思·观电视剧《济公》有感

官也愁。商也愁。唯有颠公一梦休。曲肱自枕头。

地不收。天不收。且向江湖垂钓钩。茫茫芦荻秋。

1987年3月

浣溪沙·代人作

细雨纷飞湿粉墙。端州城外小庵堂。阶前梅蕊未闻香。

许是昨宵眠未稳,不言不语一边厢。佳人心事费猜量。

2011 年 2 月

鹧鸪天

岁暮驱车事近游。一城风景未全收。每因说话错行道,已到江津问码头。

风习习,水悠悠。白鹅潭影豁明眸。惊鸿一去天渐晚,独自归来雨未休。

2012年1月21日

一剪梅·应门下弟子之请而作

常记新生入学天。花也婵娟。笑也婵娟。师徒一场是前缘。忧在其间。乐在其间。

中考来临快着鞭。虽是熬煎。无畏熬煎。他时金榜占名先。师傅开颜。弟子开颜。

2011 年 5 月

浣溪沙·悼邱世友先生[①]

榕叶飘零雨打墙。羊城五月似秋凉。遽闻噩耗倍增伤。

岭外词家多淡雅,邱公情韵更绵长。未曾请益独彷徨。

[①] 词人邱公世友于甲午年五月初十日仙逝广州。

江城子·官洲岛骑行

余所在学院女教师众多,今年二月,曾组队去广州市海珠区境内之官洲岛骑行。今应院办主任徐女士之约,为伊等填词一首。

官洲岛上好风光。绕珠江。水泱泱。二月春风、吹送野花香。环岛一周皆驿道,茶亭小,板桥长。

骑行女队简梳妆。响铃铛。喜洋洋。一路欢笑、惊起水鸳鸯。赖有须眉为副驾,弯道处,不慌张。

2016 年 5 月 26 日

采桑子·重过沙湖

应湖北大学文学院长刘川鄂教授之邀,回母校参加《湖北文学通史》研讨会。会后独行沙湖路。

当年行至沙湖路,油菜清香,杨柳成行。情侣双双醉夕阳。

如今重过沙湖路,湖水泥浆,尘土播扬。四顾无人话感伤。

2016 年 6 月 2 日

江城子·安阳小聚

同窗十二赴安阳。涉双江。[①]过重冈。不诉离肠,但作少年狂。一似当年河朔饮,频笑语,累行觞。

青铜甲骨卦爻乡。访殷商。祭文王。人静夜阑,茶水话沧桑。汽笛一声山水隔,人与事,两茫茫。

2016 年 7 月

[①] 双江:长江与黄河。此番聚会之同学除一人来自北京外,其余十一人来自深圳、广州、武汉、黄石、上海,多数经过长江与黄河。

鹧鸪天·戏赠王静彭玉平[①]

冀北岭南道里长。分明天性爱词章。席前一见深相许,别后三年未肯忘。

山杳杳,水茫茫。一声肠断唤彭郎。静时总把郎书看,雁字归来夜未央。

2021 年 6 月 2 日

附江合友:鹧鸪天·戏作次曾大兴先生韵

地北天南逸兴长。焚膏继晷校文章。无端字里尤难解,有意行间最不忘。

瞻楚楚,想茫茫。几回群里读彭郎。声声静静心心振,众里寻他乐未央。

[①] 王静,河北人民出版社资深编审;彭玉平,中山大学中文系教授、系主任。(2023 年 4 月 16 日注)

鹧鸪天·王静读词

平生所爱在词章。彭郎读罢又张郎。每因书里缠绵事,几误灯前窈窕娘。

南宋灭,晚明亡。秋风词客屡彷徨。悠悠天道何人会,楼上歌钟舞霓裳。

少年游·赠与会老友[①]

为开年会上云端。屏幕互相观。隔离三载，精神还好，贵体略嫌宽。

宝刀未老气犹盛，文论更精专。作别依依，眼眶盈泪，挥手道平安。

2022年11月21日

附施议对：少年游·步大兴兄韵

年来何以润毫端。凡事隔屏观。插柳堤边，种花篱畔，知是性情宽。

而今全面放开了，终始务须专。诗句锦囊，踏青双屐，携剑出长安。

[①] 2022年11月18至20日，由中国文学地理学会主办、洛阳师范学院承办的中国文学地理学会第十二届年会暨第七届硕博论坛在线上召开。（2023年4月16日注）

联

春联

田园虽小乾坤无限

赋税任繁衣食有余

1991 年 2 月 14 日（农历腊月三十）

为武汉小东宫餐厅撰联

鸡岁开张闻鸡起舞

虎泉赢利打虎上山 [①]

1993 年 1 月 21 日（农历腊月二十九）

[①] 1993 年春，余之三弟在武汉开一餐馆名小东宫，其地名虎泉。（2023 年 4 月 16 日注）

题赠江西芦溪县

郡邑尚文此地人才堪造就

江山存古这般风景可流连

2017年11月20日

为赤壁镇东柳村撰联

东风催斗舰以少胜多万里驰名古战场

柳树护田园脱贫致富百年垂范新农村

2021年12月9日

为东柳村撰联

东方晴暖宜寻友

柳岸清凉好读书

2022 年 7 月 10 日

为赤壁市万亩茶园之六角亭撰联

满园绿叶聚千年茶韵

一块青砖传万里清香

2022 年 10 月 9 日

挽先师张国光先生

评水浒说红楼每有文章惊海内

师南华友人瑞不劳车马过江干

2008 年 3 月 21 日

挽词人邱世友先生

平和温婉其人多淡菊幽兰之韵

密丽清空其词在梦窗白石之间

悼词友龙建国教授

开柳永词评注之先例

集诸宫调研究之大成

2012 年 11 月 4 日

挽宗亲长尧叔

诗叔在家未聆教诲吾诚憾也

贤才居邑不见尊崇天岂公哉

2019 年 11 月 1 日

悼罗宗强先生

余事编教材亦重一手材料从来不假二手
终生治文史常言前人思想颇能启迪后人

2020 年 4 月 30 日

挽同仁吴君相洲教授

续乐府卷帙已超郭茂倩
治歌诗功劳堪比任半塘

2021 年 4 月 3 日

挽画家唐一文先生

赴边六十年冲风冒雪双脚踏遍黄沙地

作画三千幅守正创新一枝秀出丹青园

2023 年 1 月 18 日

新诗

当父亲节遭遇世界杯

父亲在世的时候
父亲节对我的意义
就是孝敬

父亲不在的时候
父亲节对我的意义
就是责任

什么时候
我才能了无牵挂地
做一个单纯而快乐的父亲

我羡慕那些生女儿的父亲

他们才是世上最快乐的父亲

因为在这一天

他们又可见到前世的情人

当早上的阳光刚刚掠过树梢

他们就听到一串银铃般的叫声

接着就是一个晨风般的吻

还有美酒

还有新衣

还有时尚的眼镜

我是一个没有女儿的父亲

我的意义

唯有那个粗心的儿子来界定

当父亲节遭遇世界杯

我就知道

今天的意义归零

2014年6月15日

去哪里看月光

儿时的月光
高挂在天上

我们在门前看月光
月光在小手上轻轻地流淌

我们在谷垛上看月光
轻轻地嗅着稻子的清香

我们在池塘边上看月光
耳边响起青蛙的歌唱

我们去河堤上看月光
河堤上有长发及腰的姑娘

如今的我们

该去哪里看月光

我们去窗前看月光
窗前已被高楼遮挡

我们去楼顶看月光
楼顶已是顶层人家的花房

我们去路上看月光
路上尽是"走鬼"的摊档

我们去白云山上看月光
山上早没有落脚的地方

城里的一切挡住了我们的视线
也挡住了我们可怜的想象

在这中秋节的晚上
我们去哪里看月光

2014年9月8日

草帽

我从微信上认识你
你戴着一顶银灰色的草帽
那不就是我年少时戴过的草帽吗
我的草帽
怎么到你头上去了

草帽来啦
来和我讨论毕业论文的选题
我为什么要把你的选题推倒
因为我要看看草帽下的这颗头颅
是不是像年少的我一样沉静而骄傲

我要你去研读一位曾经贬谪岭南的大作家
我要你去感受委屈、流离和苦难
你居然平静地接受了
像那位大作家一样随遇而安地接受了
你可是原谅了老师的霸道

我收到许多人的开题报告

还有他们的初稿

唯独没有你的

但是我不催你

我为什么要催你呢

我的感觉告诉我

晚到的，也许最好

真的没有出乎我的意料

你把那位伟大作家在岭南的心路历程

梳理得那么清晰

你把他留给岭南的精神

解读得那么美妙

你的论文居然得到两位苛刻评委的肯定

这一点我可是没有想到

毕业了

要走了

南边来的百灵鸟

大城市的繁华

留不住你美丽的身影

你说你要回到南边去

那里有你年迈的母亲

还有你熟悉的椰林、海滩和晚照

我只能送你一首小诗

还有我的祝福

愿你秉承伟大作家的旷达

去迎接人生的每一个浪涛

在你开心的时候

记得戴上你的草帽

为我唱一首南边的歌谣

2016年5月28日

一个人行走在元日的早晨

一个人行走在元日的早晨,
所有的店铺都关得紧紧。
鸟雀聒噪林梢,
阳光漫过屋顶,
海风拍打着窗棂。
这一切,
都没能把一个城市唤醒。

玩得太嗨了!
抢了一夜的红包,
说了一夜哄老人的话,
消受了一夜的酒水、海鲜、果品……
瞧这还在黑甜之乡的城市,
一个春睡的美人。

你为何这般早起?

像一个行走在城市边缘的浪人，
或是一个远道而来的行脚僧。
难道一夜的狂欢都与你无关吗？
你在挟着一缕清风扫街吧？
抑或在寻找迷失的脚印？

哦，我知之矣。
你在梦游。
你的灵魂再次穿越厚厚的梅岭，
回到了长江边上的那个小村。

你的小村早就沸腾啦！
鞭炮从子夜开始炸起，
炸醒了鸡，
炸翻了狗，
炸开了一家又一家的双扇木门。

邻居的新媳妇托着茶盘过来了
为你敬上新年的第一杯香茶，
她的眉眼像茶花一样明净。
你兜里藏有崭新的茶钱吗？
可不能用皱巴巴的票子打发美人。

团拜的乡亲沿着篱笆过来了,

成年的队伍中夹杂髫龄。

他们依次对你作揖,

你得鞠躬还礼,

同时奉上香烟、米酒、干湿点心……

小村的拜年不是虚拟的,

虽然也有手机,也有微信。

小村的红包也不在网上支付

那崭新的纸币上有乡亲的体温……

哦,我知之矣。

原来和你一样,

我也是一个梦游的人。

待我白发萧萧,

嘶哑的喉咙不能再歌吟。

我将回到我的故乡,

那是长江边上的一个小村。

2016 年 2 月 8 日(丙申年正月初一)

致读者

我最珍贵的朋友就是我的读者

我的读者不算多

但也不算少

正是这些人

长期支撑着我的基本印数

更支撑着我的信仰

我知道你们买我的书

不是因为我

而是因为我的书

我是一个没有任何资源和权势的人

不能给你们学位

不能给你们发表文章

不能给你们评奖

不能给你们评项目

也不能给你们直播带货

我能给予你们的只有书

只有书中的思想、见解和有温度的文字

你们买我的书仅仅是为了阅读

在闲暇的日子

在深夜

在雨晨

在风和日丽的下午

在漫长的旅途上

或是在荒郊野水边

读我书者即可知我为人

哪怕只读其中的一本

可是我身边的许多人

其实并不读我的书

不读我书又喜欢和我讨论问题

我都不知道从何说起

父亲在世时常说

女怕输身

男怕输笔

这话影响了我的一生

在我数百万的文字中

从来没有丝毫的苟且

这个世界充满了谎言

但我一定要对读者讲真话

我不能欺骗自己

更不能欺骗读者

如果万一讲不了真话

我也不能因此而讲半句假话

宁可闭嘴

宁可搁笔

这个世界很寒凉

有自己的读者就温暖

我时常整天不说一句话

但是内心里并不孤独

我知道有人在读我的书

在我不知道的地方和我亲切晤谈

我能时刻感受到读者的存在

我为读者而活着

如果我活着
但是没有一个人读我的书
那就表明我已经死了
如果我死了
但是还有人在读我的书
那就表明我还活着

我的书里写了什么
哪些属于自己的思想和见解
这里我都不想说
也不必说
读者心里自有一杆秤
我要说的是
我从不人云亦云
也不重复自己
因此我的书并不多
迄今也就二十来本
这些书多数都已再版
少数已传播到国外

只要有读者喜欢

我就会继续写作

如果有一天

没有了自己的思想和见解

也没有了自己的感悟

不需要读者提醒

我一定断然封笔

宁可与草木同腐

也不借文字自娱自乐

2023年5月1日上午

附录

十年之间五首诗
——评曾大兴的新诗创作

曾大兴教授是中国文学地理学研究的开拓者,同时也是中国宋词研究的重要专家,他对于当代的俗文化特别是歌词也深有研究,让我没有想到的是,他还是一位诗人。他主要的诗歌作品是旧体诗词,这些旧体诗词具有鲜明的个性和独特的风格。同样让我没有想到的是,他还是一位优秀的新诗作者。自2014年到2023年的十年间,他一共创作了五首新诗,每一首诗都还比较长,并且都是精心构思之作。这五首新诗作品,完全是自由体,不讲究押韵,也不讲平仄和对偶之类的,但自有其韵律行于其间。我这里想探讨一下曾大兴新诗的几个特点,以及它可以给我们的新诗和旧诗创作一些什么样的启示。

曾大兴的新诗作品，有如下五个方面的特点：

第一，深厚的生活基础。诗人深知诗来自自我的生活，也就是离不开诗人自己的生活。第一首《当父亲节遭遇世界杯》、第二首《去哪里看月光》、第三首《草帽》、第四首《一个人行走在元日的早晨》和第五首《致读者》，都是写自我在今天社会生活中的所遇与所见，没有一首是写他人的生活，也没有一首是写我们这个时代的时政性与社会性的内容。有的诗人写诗是靠想象，有的诗人写诗是靠阅读，而曾大兴却是靠自己的生活积累，他的诗作就是对自我生活的一种直接写照，甚至是一种写实性的表达。这几首新诗作品没有一点虚构，也没有一点借用，却具有相当具体的、生动的和丰富的内容，其感人的力量主要来自诗人自我的生活体验。所以，他的新诗与中国五四早期的自由体诗，在内容与思想上有着高度的一致，与周作人、胡适、刘大白、刘延陵、沈尹默这些诗人的作品，是一个路数。从前，有的学者否定这样的创作路向，认为诗人如果只是写实的话，则在内容上具有很大的局限性，没有什么诗意与诗味，而曾大兴的新诗创作，说明这样的路向其实也是写诗的正道。如果没有自我的人生发现，那还有什么好写的呢？他写自己与儿子之间的关系，他写自己因为看不见月光而回忆童年生活的美好，他写自己与所指导的学生之间的交往，他写自己在春节期间对于家乡过节风俗的一些理解与想象，都是相当实在的内容，具有历史的真实性和现实的可靠性。厚实的生活积累和情感积累，正是这些新诗作品产生的基础与前提。为什么十年之间只写了五首新诗呢？这说明他对于生活的发现与体验是相当扎实的，没有好的内容就不会硬写，更不会随意而写。

第二，高度自由的表现形式。这五首新诗没有固定的格式，不讲究押韵，也不讲究对偶平仄之类的，但是，并不是说它们没有自己的形式，没有自己在艺术上的种种讲究。五首诗有的似乎是在句末才押了一点尾韵，有的是在节末才押了一点韵，但他诗中的句子有长有短，分行与分节如行云流水，起于所当起，行于所当行，止于所当止。这样的艺术形态在当今中国的新诗作品中，虽然也是多见的，但是每个诗人的作品之自由，具有各自不同的特点。总体上而言，曾大兴的新诗作品是有章可循的，在艺术表达上是相当讲究的，只是表现出来的并不是格律上的讲究，而是语言和情感表达上的讲究。他的新诗是分节的，有的分得多一些，有的分得少一些，但节与节之间总是存在关系，或者是一种并列关系，或者是一种递进关系，或者是一种叙述关系，或者是一种逻辑关系。他的新诗作品也是分行的，而行与节之间的关系则是多种多样的，有的是四行一节，有的是三行一节，有的是两行一节，但并不混乱。如果两行一节，那么就以此为主体，如《去哪里看月光》；如果三行一节，就以此为主体，如《当父亲节遭遇世界杯》；有的时候一节是比较长的，如《致读者》。虽多种多样，但也有一个基本的框架。艺术表达上的自由开阔是其基本特点，但在行与节的构成上，还是有一些基本的规律，这与中国古代诗歌有着情感上的内在的一致性，同时也延续着五四之后的中国新诗的创作路径，体现了诗人在艺术上的讲究与追求。

第三，语言简洁而精练。他的诗没有多余的话，也不用多余的词，甚至没有什么标点符号。在这五首新诗中，诗人只在一首诗中运用了标点符号，就是《一个人行走在元日的早晨》。他在每行诗后面运用了逗号、句号，还有一些感叹号、问号，还用了三个省略号。诗人为什么在这首诗中运用标点符号，而在其他四首诗中没有运用标点符号呢？这与诗人的创作时空及情感的表达情境分不开。《一个人行走在元日的早晨》这首诗,写于2016年2月8日,也就是春节期间。当时他没有回故乡过年,所以在想起故乡之时情不得已,也许正处于鲁迅先生所说的"感情正烈的时候"。如果他不运用这些标点符号的话,也许就不足以表达他对家乡的深切思念。诗人在最后说:"待我白发萧萧,/嘶哑的喉咙不能再歌吟。/我将回到我的故乡,/那是长江边上的一个小村。"显然,如果没有标点符号,的确难以表现此时激动的心情,所以诗人自觉不自觉地运用了这样一些常规的,但也具有强大表现力的标点。其他几首没有运用,则是因为那些诗多半是叙述性的。从总体上来说,诗人的语言是相当简洁的,表达是很准确的,甚至可以说有的语言并不是严格意义上的诗语,而是散文语。这是诗人在语言上的优点,但同时也可以说是一个缺点。曾大兴的新诗语言基本上没有断裂与拼合的形式,也没有读不懂的地方。一般而言,诗歌语言明白如话,给读者的陌生感与诗意性,就会少一些。不过,五四时期的白话新诗都是如此,闻一多与徐志摩的诗,也基本上是如此,不能说这样的语言没有表现力,只不过与朦胧诗和先锋诗相比,呈现出了不同的创作路数。

第四,有不少具有哲学意义的警句。在《当父亲节遭遇世界杯》一诗的最后，诗人说："当父亲节遭遇世界杯／我就知道／今天的意义归零。"这是全诗的情感高潮，也是全诗的核心之句。在《去哪里看月光》一诗中，诗人说："城里的一切挡住了我们的视线／也挡住了我们可怜的想象。"表达了对城市生活的失望，和对时下生命状态的反思。在《草帽》一诗中，诗人说："在你开心的时候／记得戴上你的草帽／为我唱一首南边的歌谣。"这是对学生的祝愿，也是对师生情谊的珍重。在《一个人行走在元日的早晨》一诗中，诗人说："哦，我知之矣。／你在梦游。／你的灵魂再次穿越厚厚的梅岭，／回到了长江边上的那个小村。"这首诗里的"你"和"我"，也许是同一个人，表面上看"你"是另一个人，其实那一个人正是诗人自己的影子。在《致读者》一诗中，诗人说："不需要读者提醒／我一定断然封笔／宁可与草木同腐／也不借文字自娱自乐。"诗人在这里表明了自己的志趣，这样的诗句，同时也是自我人格的一种宣示。他诗中的这样一些句子，本身就相当精彩与精到，同时也具有思考的深度，非一般作者所可言也。诗的力量往往来自语言的精警，这同时也是诗人思想的深度与厚度的表现。一个诗人如果没有思想，其诗作往往是不能成立的，更不要说流传后世。

第五，以反复与相对性为主而形成的一种比较规整的艺术结构。在他的新诗作品中有不少反复的句子，如"我们在门前看月光""我们在谷垛上看月光""我们在池塘边上看月光""我们去河堤上看月光""我们去窗前看月光""我们去楼顶看月光""我们去路上看月光"(《去哪里看月光》)，这是一种基本句式的反复。"你的小村早就沸腾啦！鞭炮从子夜开始炸起，/炸醒了鸡，/炸翻了狗，/炸开了一家又一家的双扇木门。"(《一个人行走在元日的早晨》)这里所采用的是相当于散文中的排比句式。同时，在他的新诗作品中，还有不少相对性的诗节与诗行："父亲在世的时候／父亲节对我的意义／就是孝敬／／父亲不在的时候／父亲节对我的意义／就是责任。"(《当父亲节遭遇世界杯》)上一节与下一节是基本一致的，虽然意义不一样，但在性质上就是一种反复。"如果我活着／但是没有一个人读我的书／那就表明我已经死了／如果我死了／但是还有人在读我的书／那就表明我还活着。"(《致读者》)像这样的有着反复与相对性的诗句的存在，让他的自由体诗作具备一种内在的逻辑。在一首诗作中，有一个比较成型的东西，让我们能够更多地感受到诗意的存在与再现，也可以让这首诗成为一个有生气与活力的艺术整体。在中国历代的民歌中，"相对"是一种基本的艺术结构，早在《诗经》和《楚辞》中，就出现了这种艺术结构。在后来诗歌的发展中，由于对偶的锤炼，又加强了这种相对性，并成为中国诗歌创作中稳定的艺术形式。曾大兴长期研究民歌与诗词，同时也从事旧体诗词的创作，他的新诗作品中也采用了同样的艺术结构，并且形成了鲜明的特点，也体现了他的艺术个性与气质。

曾大兴的新诗作品具有自己的创意，所有的作品都是在创意的基础上产生与形成的。从总体上来说，他的自由体新诗是口语化的存在，同时也是自由性的存在，但首先是诗意化的存在。当然，有的句子可以再讲究一些，有的句子可以再形象化一些，有的句子可以再精到与精警一些。不过，从他一直以来的追求来看，也许只能如此。曾大兴的自由体新诗生活基础深厚，体式上高度自由，语言上采用现代口语，同时也运用一些古语，这在当代诗作中是很少见的。同时，他的新诗作品个人性比较强、感觉性比较强、自由感比较强，体现了一种全新的创造，也许，这正是曾大兴新诗作品的意义和价值之所在。

十年之间五首诗，如果他要写，他就可以写得更多、更好。不过，他主要还是一位学者，是中国文学地理学会的主要领导者，他在学术上的成就已经远远超过了他在文学创作上的成就。这也是我要在肯定他的学术成就的同时，也要来评一下他的新诗作品的原因。

邹建军

2023 年 8 月 15 日

培养自己的接受者
——向当代旧体诗词作者进言

在正式讨论当代旧体诗词的接受问题之前，我想对有关概念做一个说明：一是古典诗词与旧体诗词，二是"老干体"。

本文所讲的古典诗词，是指古人写的诗词，也就是一百年以前（新文化运动以前）的人写的诗词；本文所讲的旧体诗词，是指当代人写的诗词，也就是一百年以来（新文化运动以来）的人写的诗词。

本文所讲的"老干体"，大约有四个特征：一是形式上不合格律，二是内容上歌功颂德，三是语言上概念化或标语口号化，四是意境上言尽意尽，缺乏韵味。"老干体"并非只有老干部才写，许多中、青年也写，因此不能把"老干体"全都归到老干部的名下。

强调这两点，是为了避免误会。说明了这两点，我们就可以进入正题了。

一、当代旧体诗词最缺乏的是接受者

当代旧体诗词究竟有没有生命力？究竟有没有发展前景？应该说，不是作者说了算，也不是批评家说了算，而是读者说了算。俄罗斯19世纪的著名文学评论家别林斯基指出："文学不能够没有公众而存在，正犹如公众不能够没有文学而存在：这个事实是无可争论的……作家是生产者，公众是消费者；作家是演员，公众是对演员报以同情和欢呼的观众。文学是他们的珍宝、财富。他们评断这些作品，给这些作品规定价格，不让可怜的庸才妄自抬高身价，也不让真正有才华的人遽尔湮没无闻……在有公众的地方，就会有明确地表达出来的舆论，就会有一种直接的批评，这种批评能够分清精华和糟粕，褒扬真正的美质，惩罚可怜的庸才或者穷凶极恶的江湖术士。对于文学说来，公众是最高的审判，最高的法庭。"（别林斯基《一八四〇年的俄国文学》）别林斯基的这段话是非常正确的。别林斯基的文学批评属于社会学的批评，近二十年来，社会学的批评受到冷落，文学界已经很少有人提到别林斯基这个人了。但是，别林斯基的许多观点并没有过时，例如他的这段话，就被后来流行的接受美学所印证。接受美学认为：一个成功的文学作品，是由作者和读者共同完成的。一个作品如果没有读者的接受，就等于没有发表。或者说，作者发表的只是一个"文本"，由"文本"成为"作品"，中间还有一个不可缺少的环节，这便是读者的接受。从作者发表文本到读者接受文本，再到作者和读者共同完成作品的创造。作者、读者、作品，三者构成一个有机的系统，缺一不可。事实上，每一种文艺样式都有自己的接受者。戏曲有戏曲的接受者，芭蕾舞有芭蕾舞的接受者，国画有国画的接受者，流行歌曲有流行歌曲的接受者，诗词有诗词的接受者。有接受表明有需要，有需要才会有创作。古今中外的全部艺术史，无不雄辩地证明了这一真理。

今天的旧体诗词所最缺乏的，不是作者，不是文本，而是接受者，尤其是年轻的接受者。

谁也不能否认，古典诗词是很有生命力的。用白话写作的自由体的新诗已经问世一百余年了，新诗人的新诗集出版了上万种，被写入各种《现代文学史》和《当代文学史》的新诗人上百个，可是极少有脍炙人口的新诗流播在人间。写新诗写了几十年的诗人，临到老了又写起了旧诗。小孩子刚刚牙牙学语，爷爷奶奶、外公外婆、父亲母亲等就开始用古典诗词来给他（她）启蒙了，甚至还没出生，母亲就开始用古典诗词来给他（她）进行胎教了。这些现象表明，新诗的写作试验了一百年，至今尚未成功。虽然现在国内的主流文学刊物与主流文学奖项，仍然给新诗以重要的地位而不肯给旧体诗词一席之地，但是广大读者并不看好新诗，则是一个不争的事实。

新诗的试验固然不成功，但是一百年来的旧体诗词的写作是否就成功了呢？很难说。我们只知道有人用古典诗词来给孩子启蒙，没听说有人用当代人写的旧体诗词来给孩子启蒙。一百年来，固然极少有脍炙人口的新诗流播在人间，但同样也极少有当代人写的脍炙人口的旧体诗词流播在人间。有人讲，写新诗的人比读新诗的人要多，其实写当代旧体诗词的人也比读当代旧体诗词的人要多。新诗的主要问题，表现在缺乏自己的接受者；当代旧体诗词的主要问题，同样表现在缺乏自己的接受者。也就是说，广大读者既不能接受新诗，也不能接受当代旧体诗词。新诗与当代旧体诗词都不能接受，所以就一如既往地热爱古典诗词。

现在写新诗的人与写旧体诗词的人很难坐在一起，一旦坐在一起就难免互相看不起，甚至难免"互掐"。其实写新诗的不要看不起写旧体诗词的，写旧体诗词的也不要看不起写新诗的。在缺乏读者、缺乏接受者这个问题上，大家都差不多，都难免有几分落寞。大家应该静下心来好好研究一下接受问题，好好想想对策。

二、当代旧体诗词缺乏接受者的主要原因

当代旧体诗词缺乏接受者的原因，应该说是比较复杂的。有读者自身的原因，也有当代旧体诗词自身的原因，但后者是主要的。大体表现在以下三个方面：

一是缺乏个性。个性是文学的生命。没有个性，千人一面、千部一腔的东西，不能算是文学。据介绍，"现在全国各省、市、自治区都成立了诗词学会，不少市、县也成立了诗词学会，许多机关、学校、企事业单位、部队也成立了各种诗社，各类诗词学会会员、诗友以数百万计，公开和内部发行的诗词刊物有数百种，每年刊登的诗词新作也以十万计"。（马凯《在"诗词中国"传统诗词创作大赛启动仪式上的致辞》）综观当今中国，诗会（诗社）不可谓不多，诗人阵容不

可谓不大，诗作数量不可谓不壮观。但是，作品的个性却非常缺乏。友朋唱和、流连山水、歌功颂德之类的作品占了多数，但绝大多数都给人似曾相识之感。题材、思想、情感、意象、语言、结构、手法、风格等，都是前人写过、用过、表现过的。既重复前人，也重复自己。陈陈相因，人云亦云，己云亦云。接受者很难从当代旧体诗词中看到新的、有个性的东西，也就只好视而不见了。

二是缺乏时代感。一个时代有一个时代的生活，一个时代有一个时代的思想和情感。生活、思想、情感有继承性，但是也有变异性。不然的话，何以大家会称我们今天的这个时代是一个新时代？小说家余华讲，一个中国人近四十年所经历的事情，比一个欧洲人近四百年所经历的事情还要多。新旧时代的变迁，新旧体制的交替，新旧观念的交锋，新人、新事、新问题层出不穷，这些都可以成为旧体诗词创作的题材，都可以用旧体诗词的形式来表达，所谓"无意不可入，无事不可言"。可是旧体诗词的写作在这方面做得很不够，远远不如小说、散文、电视、电影、戏剧等，当然也不如新诗。例如：老干部、老职工退休了，有没有惆怅、失落感？有没有对往昔生活的留念与回忆？有没有对当下生活的不适与抗拒？官僚主义、贪污腐败、假公济私等在有些地区、有些系统和单位都仍存在，作者们对此有没有不满？有没有愤怒？个人在住房、就医、养老、身体、情感方面是否存在一些问题？儿女辈在就业方面，孙子辈在读书方面，是否也存在一些问题？另外还有环境污染、贫富不均等问题，应该说，都可以成为诗词写作的内容。很可惜，在当代旧体诗词中，这些内容都很少见。由于缺乏时代感，未能反映人们所普遍关心的社会问题和人生问题，所以就难以有知音，难以有共鸣，难以有接受者。

三是缺乏音乐感。诗词的音乐感表现在两个方面，一个是外部的音乐感，一个是内部的音乐感。所谓外部的音乐感，是指古代的诗词，例如《诗经》中的"国风"、《楚辞》中的"九歌"、汉乐府、南北朝乐府、唐人绝句、唐宋词、元人散曲等等，因为可以配乐歌唱而产生的音乐感；所谓内部的音乐感，则是指古典诗词因押韵、平仄协调、词句对仗、章节回环、可吟可诵而产生的音乐感。宋元以后，诗词已经不能配乐歌唱了，外部的音乐感丧失了，但内部的音乐感依然存在。20世纪初期的新文化运动以后，用白话写作的自由体的新诗出现了，这种新诗由于不讲平仄、不讲押韵、不讲对仗，它们的内部音乐感是不存在的，但是由那些训练有素的人写作的旧体诗词，其内部音乐感还是存在的。这也是旧体诗词的一个优势。但是，改革开放以来，"老干体"大量出现，占了当代旧体诗词的大半江山，而很多"老干体"的第一个特征，就是不合格律，因此就把旧体诗词原有的内部音乐感破坏掉了。

古典诗词中的相当一部分，原是可歌的，原是借了音乐的翅膀才飞翔的。还有一部分虽然不可歌，但是可诵，它们是借了诗词内部的音乐感而传播的。现在的旧体诗词既不可歌，又有一半以上的文本即"老干体"也不可诵，既不可歌又不可诵，因此旧体诗词的音乐感就严重缺乏了。音乐感的严重缺乏，也导致了接受者的严重缺乏。

三、如何培养自己的接受者

旧体诗词要图生存、图发展，要想在中国的当代文学史上占有一席之地，必须注意培养自己的接受者。

首先，旧体诗词的写作者要有"培养自己的接受者"这个意识。旧体诗词的写作通常有两个目的：一个是自娱，一个是娱人。如果是前者，有没有别的接受者并不重要,只要自己能接受就行了。如果是后者,那就得有自己的接受者。许多人把自己的旧体诗词拿去发表,发表之后既没有人说好,也没有人说不好,无声无息。这个问题就值得注意。因为既然要把作品拿去发表,那就不属于自娱一类的写作了,而属于娱人一类的写作。既然为了娱人,那就得有自己的接受者。没有自己的接受者,娱人的目的就难以实现。那还不如自娱呢。

第二,要对当代读者的需求有所了解。喜欢阅读的中国人本来就很少(参见孟莎美《令人忧虑:不阅读的中国人》),喜欢阅读文学作品的中国人更少。在这样一种情况下,旧体诗词还要和小说、散文、新诗一起去争取读者,这个难度就可想而知了。小说、散文、新诗为了争取读者,是做了很多功课的,这里不暇一一列举,但旧体诗词的作者对此应该有所了解。当然,我们不主张旧体诗词的作者为了争取读者就像某些文体的某些作者那样,去媚俗,甚至不惜堕入恶俗。事实上,旧体诗词的接受者一般都是文化水平较高、人生境界较高、审美能力较强的读者,媚俗、恶俗的东西对他们是无效的。

旧体诗词是用文言写作的作品,它们之所以还有存在的价值，从阅读心理的角度来看，是因为它们适应了人们的"慢读"心理。而用白话写作的小说、散文等，之所以在一百年来大行其道，是因为它们适应了人们的"快读"心理。这种情形很像今天的纸质读物与电子读物。电子读物适应了人们的"快读"心理，所以它在市场上就占了一定的优势，并不是因为它的质量就一定比纸质读物要好。所以明智之士相信：电子读物可以挤占纸质读物的市场，但是不可能取代纸质读物。因为人们的阅读方式实际上有两种，一种是"快读"，一种是"慢读"，或者"精读"。就像人们进餐一样，有快餐和慢餐之分。由于时间的关系，早上、中午可以吃快餐，晚上就不一定了，节假日就不一定了。人们的阅读也是如此。除了"快读"的需要，事实上还有"慢读"或"精读"的需要。什么样的读物更适合"慢读"或"精读"呢？就中国人来讲，当然是文言作品。因为文言作品的文化底蕴更丰厚，语言更精炼、更雅洁，总体来讲更耐人咀嚼。而白话作品由于浅显和直白，一眼就可以看个清楚明白，哪里还需要什么咀嚼呢？所以白话是不可能真正取代文言的。例如在中国台湾、香港、澳门以及其他华语国家和地区，白话就没有取代文言。即便是在中国大陆，在许多新文学作家那里，白话也没有取代文言。例如鲁迅、郭沫若、郁达夫、茅盾、叶圣陶、俞平伯、钱锺书、臧克家诸人，都是可以用白话和文言这两种语言写作的。有人奇怪，说这些新文学的大家为什么也要用文言来写作？其实就是因为他们知道，读者有两种阅读需要（虽然他们没有"快读"和"慢读"这两个概念）。而他们之所以知道这个道理，首先是因为他们本人有两种阅读需要。正因为文言的旧体诗词可以适应人们的这种"慢读"的需要，所以它还具有一定的存在价值。但是，如果旧体诗词不注意创新，不能为读者提供有个性的、有时代感的、有节奏感的优质作品，不注意培养自己的接受者，它也有可能被人们所完全抛弃。因为抛弃旧体诗词并不等于抛弃"慢读"这种阅读需要，中国古代的文言作品有的是，古典诗词有的是，都可以满足人们的"慢读"需要。人们既然追求一种"慢读"的精神享受，又何必为了照顾当代旧体诗词而降格以求呢？人们似乎没有这个义务。

第三，作品本身要有个性。诗词作品要有个性，这是有一定难度的。因为这两种文体通行已久。王国维讲："文体通行既久，染指遂多，自成习套。豪杰之士，亦难于其中自出新意。"怎么办呢？在他看来，最好的办法就是"遁而作他体，以自解脱"（王国维《人间词话》）。可是当代旧体诗词的作者们，或者是不谙于"他体"（即新文体），或者是对"他体"没有兴趣。这当然也没关系。不是说新文体就一定能出好作品，旧文体就一定出不了好作品。稍微有一点文学史常识的人都知道，每一个时代都有新、旧两类诗体。例如在汉代，四言诗是旧诗体，五言诗是新诗体；在唐代，古诗是旧诗体，律诗是新诗体；在宋代，诗是旧诗体，词是新诗体；在元代，诗、词是旧诗体，曲是新诗体；在明、清两代，诗、词、曲是旧诗体，《山歌》《挂枝儿》《粤讴》等时调小曲是新诗体。每一个时代，都有新、旧两类诗体并行不悖，各行其道。旧的并不等于落后，新的并不等于先进。新的固然可以尝试，可以提倡，但旧的绝对不可以被边缘化，更不可以被打倒。旧诗体被边缘化，甚至一度被打倒，新诗体稳居诗坛霸主的地位，是20世纪初期"新文化运动"以来的事，至今还不到一百年的历史。但是事实证明，新诗体迄今并未成功。正因为新诗不成功，所以旧体诗词还有它的存在价值，还有它的发展空间。这也是为什么还有数百万人从事旧体诗词写作的原因。问题是，旧体诗词要创新，要有一定的个性，不能陈陈相因，不能人云亦云，不能写来写去都是老一套，不能因此而令人生厌。追求个性，也就是追求独创性，这是一个根本性的问题。这个问题如果得不到解决，或者部分地解决，旧体诗词在当代的存在就值得怀疑，而它的所谓发展空间、发展前景，也就成了一句空话。

第四，作品要有时代感。一个时代有一个时代的特点，一个时代的文学也应该有自己的特点。所谓时代感，就是旧体诗词在思想、情感、意象、语言、风格等方面，要有自己的时代特点。王国维讲："凡一代有一代之文学：楚之骚、汉之赋、六代之骈语、唐之诗、宋之词、元之曲，皆所谓一代之文学，而后世莫能继焉者也。"（王国维《宋元戏曲史》）这话有它一定的道理，所以风行了几十年。近年来有人不同意这种说法，指出楚骚之后还有骚，汉赋之后还有赋，唐诗之后还有诗，宋词之后还有词，元曲之后还有曲。这话也有它一定的道理。问题是，楚骚之后的骚、汉赋之后的赋、唐诗之后的诗、宋词之后的词等等，得有自己的时代感。例如宋诗，因为有自己的时代感，所以才被称为宋诗。不少人认为，宋诗并不逊于唐诗，甚至在某些方面比唐诗还要好，所以直到今天，还有

"宗唐"与"宗宋"之说。宋诗之后,较有自己的时代感的,当是清诗了。当然,元诗、明诗也有自己的时代感,只是声誉不太高而已。当代的旧体诗词,如果想在当代文学史上占有一席之地,一定要有时代感。现在我们看到的许多旧体诗词,尤其是那些"学院派"的诗词,应该说,功底还是很深厚的,风格也很典雅,典雅到什么程度呢?典雅到如果你不看他的名字,一下子还真难判断是魏晋人或唐宋人的第几代克隆产品!所谓言天象,则不外"微雨""断云""疏星""淡月";言地理,则不外"远峰""曲岸""烟渚""渔汀";言鸟兽,则不外"海燕""流莺""凉蝉""新雁";言草木,则不外"残红""飞絮""芳草""垂杨";言居室,则不外"藻井""画梁""绮疏""雕槛";言器物,则不外"银釭""金鸭""凤屏""玉钟";言衣饰,则不外"彩袖""罗衣""瑶簪""翠钿";言情绪,则不外"闲愁""芳思""俊赏""幽怀"(缪钺《论词》)。作者们往往以此自高,以为可以追攀古人,不知读者并不看好。因为这样的作品缺乏时代气息,与现实生活相隔太远,不能引起读者的亲切感。

第五,作品要有节奏感。古典诗词原是与音乐相伴而生的,所谓"诗乐一体"。自从诗乐分离之后,诗词不再可歌，但是它的内部节奏感并没有消失。古典诗词的内部节奏感，是建立在汉语的单音、四声基础之上的。这是它的一个根本特点。诗词如果缺少了节奏感，那么它的独特性就不复存在了。因此，写旧体诗词的人，还是要按照格律来写，还是要讲求押韵，讲求平仄四声，讲求对仗。如果连这些最基本的东西都不讲了，那还写什么旧体诗词呢？干脆写新诗得了。道理很简单：每一个行当都有自己的游戏规则，写诗填词也是如此。

总之，当代旧体诗词作者必须正视读者的审美需求，关心他们的审美需求，以自己具有个性、时代感和节奏感的优质作品来满足他们的审美需求。当代旧体诗词作者不可高高在上，不可孤芳自赏。当代旧体诗词作者如果不顾读者的审美需求，读者也有权利不理睬你的作品。历史的经验告诉我们：作者和读者之间，应该建立一种良好的互动关系。只有这样，当代旧体诗词才会有一个光明的发展前景。

（原载赵松元主编《近百年传统诗词高峰论坛论文集》，
暨南大学出版社，2015年）

《诗词中国》创刊寄语

"天意君须会,人间要好诗。"旧体诗词作为一门古老的文学样式,经过长期的发展,在思想艺术上已经非常成熟。在今天,要想利用这种古老的样式写出好的、能够为人们所喜爱和传诵的作品,唯有创新,别无他途。所谓创新,首先是内容上的创新,要写出既有时代精神又有现实生活气息的作品,要有新题材、新意象、新意境、新思想。其次是形式上的创新,既要有新的语言,也要允许在格律、体式等方面进行新的探索。诗虽旧体,其命维新。愿与诸君共勉!

2015 年 12 月 6 日

新、旧体诗应该相互取资

——在"当代诗词创作批评与理论研究青年论坛"上的发言

我坚持这样一个观点，就是新诗与旧诗应该相互借鉴，相互取资。

我们不妨先从诗的历史来看。中国诗歌从战国时期开始，就是新、旧两种诗体并存，且相互借鉴，相互取资。战国时期的诗，七言为主，也有四言，例如《楚辞》，有七言，也有四言。四言是旧体，七言是新体。汉代的诗，有杂言，有四言，也有五言，例如曹操的诗，有杂言，有四言，也有五言。杂言、四言是旧体，五言是新体。魏晋南北朝的诗，以五言为主，也有杂言，也有七言，例如曹丕的《燕歌行》就是七言。五言、杂言是旧体，七言是新体。唐代的诗，有古诗（包括七古、五古、乐府等），也有律诗（包括七律、五律、绝句），还有长短句的词。古诗是旧体，律诗和词是新体。宋代的诗，有古诗律诗，也有长短句的词。诗是旧体，词是新体。元代的诗，有诗、词、散曲。诗、词是旧体，散曲是新体。明、清的诗，有诗、词、散曲，也有时调小曲。前者是旧体，后者是新体。

关于新、旧诗体相互借鉴、相互取资的例子在诗歌史上比比皆是。经常有人讲，某某人的律诗像古诗，古体像今体，某某人以诗为词，某某人以曲为词。这都是讲新、旧诗体之间相互借鉴，相互取资。古人并不把新、旧两种诗体对立起来。许多人往往既擅旧体，又擅新体。

再从诗的功能和特点来看。诗是一种言志、抒情的载体，也是一种语言的艺术。成功的诗，必须能够较好地体现言志、抒情的功能，必须能够较好地体现汉语的魅力。从这两点来看，一百年来的中国诗，无论新诗还是旧体诗，都没有较好地体现这种功能和魅力。

按照中国诗史的规律，一种新诗体经过三五十年的实验，即可成功。但五四以来的用白话写作的新诗经过了一百年的实验，仍然没有成功。没有成功的标志，是没有获得多数读者的喜爱。

五四以来的新诗在言志、抒情方面的功能比旧诗优越一些,但没有较好地体现汉语的魅力。汉语由单音节组成,有不同的声调。单音节的、不同声调的汉字,按照一定的规则来组合,可以形成一种节奏回环的美感。读起来抑扬顿挫,听起来和谐悦耳,易诵、易记、易传播。这一点新诗并不具备。

一百年来,旧体诗坚守了汉语的音韵传统,但是它在内容和形式上缺乏创新,表现力没有得到应有的提高。陈陈相因,似曾相识。旧体诗也没有获得多数读者的喜爱。

当今读者所喜爱的旧体诗,是《诗经》、《楚辞》、汉魏古诗、唐诗、宋词和元人散曲。年轻母亲用来教孩子的,是《诗经》、汉魏古诗以及唐诗、宋词中的脍炙人口的作品。没有哪一个母亲用五四以来的新诗和旧体诗来教孩子。

五四以来的新诗不成功,五四以来的旧体诗也不成功。在赢得读者的喜爱这一点上,大家都是失败者。写新诗的不要看不起写旧诗的,写旧诗的也不要看不起写新诗的。因此,写新诗的与写旧诗的,要坐下来,平等地、心平气和地总结经验教训,探讨中国当代诗的出路。

我的建议有两点:

一是新诗、旧诗相互取资。旧诗要向新诗学思想、学观念、学词汇；新诗要向旧诗学节奏、学凝练、学韵味。

二是新诗与歌词相互借鉴。中国最早的诗与音乐是合二为一的。《诗经》中的作品全都可歌。《楚辞》中一部分可歌，一部分不可歌。中国的诗也由此开始"诗乐分途"。"诗乐分途"之后，诗分为眼看的诗与嘴唱的诗。事实证明，嘴唱的诗比眼看的诗传播要广。例如《楚辞》中，传播更广的是《九歌》；汉魏诗中，传播更广的是乐府诗；唐诗中，传播更广的是七言绝句。宋元明清以来，眼看的宋诗没有嘴唱的宋词传播广；眼看的元诗、元词没有嘴唱的元曲传播广；眼看的明清诗、明清词、明清曲，没有嘴唱的明清时调小曲传播广。一百年来，眼看的旧体诗、新诗没有歌词传播广。

词是一种音乐文学，具有音乐与文学的双重特点，既能诉诸人的听觉，又能诉诸人的视觉；既有音乐的美感，又有文学的美感。词属于广义的诗，是中国诗中最美的诗体。唐宋词代表了词的最高成就，最为人们所喜爱。

当代歌词的水平并不高。五四以来，尤其是民国时期，曾经产生过若干好的歌词。例如李叔同的《送别》，刘半农的《教我如何不想她》等；当代也有若干好的歌词，例如《同桌的你》等。但是，中国当代歌词的文学水平总体不高，好作品很少。不像唐宋词，既可以用来唱，用来听，又可以用来看，既是音乐文学，又可以作为案头文学来欣赏。

中国当代歌词文学水平不高的原因，主要是诗人没有加入歌词创作的行列。写词的人主要是音乐人，也就是古代所说的乐工。乐工填词，文学水平不高，历来如此。唐宋词最初也是乐工填词，在文学上很幼稚，很粗糙。后来李白、白居易、刘禹锡、张志和、温庭筠、韦庄等一大批优秀诗人来填词，成为词创作的主体，于是词的文学水平就大为提高，词的影响更大，传播得更广，最终成为一代之文学。

当代有两个怪现象：一是旧体诗人与新体诗人坐不到一块，二是诗人和词人坐不到一块。三队人马坐不到一块，各行其道，相互贬低，相互封闭，最后的结果是：旧体诗、新诗、词，都不能学习对方的长处，都在原地踏步，甚至倒退。

中国当代诗的发展与提高，在我看来有两个途径：一是旧体诗人与新体诗人相互借鉴；二是新体诗人与词人相互借鉴。其意义在于：一是可以丰富旧体诗的思想、情感和意境，提高旧体诗对现代生活的表现力；二是可以提高新诗的语言能力和表达效果；三是可以提高词的文学水平。

2014 年 7 月 11 日